これ以上貪られる状態から逃れようと、男の肩を押すために
伸ばした手を取られる。肘の内側に口づけられ、やわらかく
舐め食まれて、その感触の甘さに恍惚となる。

SHY NOVELS

ルーデンドルフ公と森の獣

かわい有美子

イラスト 周防佑未

CONTENTS

ルーデン
ドルフ公と
森の獣

一章

I

「なんかねー、駅前の食材店さんや精肉屋さんが最近になって、ここに色々、肉だの缶詰だのをおろすようになったって言ってたんだけどねー、住んでる人が日本人じゃないってすぐにわかったって言ってたよ」

Y県山中の鬱蒼《うっそう》とした森の中の細道を抜けてゆく年配のタクシー運転手は能弁で、愛想よく色々と喋《しゃべ》る。

「もとは蜂ヶ谷《はちがや》旧伯爵家の所領だったそうですね」

後部座席に座った今年二十七歳になる藤森賢士《ふじもりけんじ》は応じた。

「そう、戦前はその蜂ヶ谷旧伯爵家のお屋敷だったんだよ。なんせ広いってさ、本当に広くて立派なお屋敷だって聞いたよ」

「直接にご覧になったことは？」

「ご覧になったことはないない。僕は戦後の生まれだからさ、生まれた時からこっち、ずーっとお屋敷は空いたままになってたからね。ほら、戦後は華族制度って廃止されたでしょ？　あと、跡継ぎさんが戦争で亡くなったのかなぁ。僕の祖父《じい》さんが昔、下働きで出入りしてたとかで、そりゃあ、蜂ヶ谷さまのところは立派なお屋敷だー、すごいんだーって聞いて育ってね」

「そんなにすごいんですね」

「うん、蜂ヶ谷の殿様っていえば普請《ふしん》道楽ってので有名で、東京のお屋敷はもひとつすごかったらしいけどね。そっちは関東大震災で駄目になったとかで、いっときこっちに移ってきたから、そこからまた建て増しして東京にも遜色《そんしょく》ない屋敷にしたとかってねぇ。で、長く蜂ヶ谷伯爵家のものだったけど、途中でなんか所有が外人さんのものになっちゃったとかって」

「ルーデンドルフ家の」

「あ、それそれ、ルーデンさんね。フランスの人？」

「いえ、ドイツだそうですよ」

「あぁ、ドイツなのねぇ。そう、それで最近になってそのドイツ人？　とにかく、注文の食い物見たら絶対に外国人だってわかるって」

「そんなにわかりやすいんですか？」

藤森は持ち前の好奇心から尋《たず》ねてみる。

「食材の指定はすごく細かいらしくて、特に肉関係は部位指定で何キロって単位で買うらしいんだけど、米は全然だって。日本人だったら、まず米だからね。その代わりに粉関係は小麦だの、ライ麦の細引きだのって、肉と一緒で細かい指定があるんだってさー」

「ああ、肉料理とライ麦…、確かにドイツって感じですよね」

藤森は時折、窓や屋根をこすりそうなほどに伸びた道の両脇の木々を見ながら答える。

舗装はされているが、車がすれ違えるほどの幅はない。

すでにタクシーは、ルーデンドルフ家の私有地内に入っているのだという。完全に私道な分、公道と違って木々の刈り込みはかなりおざなりな感じだ。

ただ、路面が荒れているのは手入れ云々《うんぬん》ではなく、冬期にかなりの積雪があるせいだろう。

広大なルーデンドルフ家の私有地は隣のN県にまで跨《また》がっており、N県側には少し行けばスキー場もあるような場所だ。このあたりの積雪量も相当なものだと思われる。

「しかも、食料品の量が尋常じゃないって」

「大柄ですからね、そりゃあ、食うでしょう。実際、ドイツの人間は相当量食べますよ」

藤森は去年の冬に都内のホテルで会った、むくつけき大男を思い出す。

なんせ、大柄だった。背が高いというよりも、がっしりとした大男という印象だ。

藤森は身長一七五センチと、日本の成人男子としてはいたって普通だが、その藤森が見上げなければならなかったほどだ。あれはおそらく、二メートル弱はある。

もっとも、ドイツ人男性といえば平均身長が百八十センチほど、二メートルをゆうに超える人間もいる。藤森がドイツに行った時、街を歩く男性のほとんどが自分よりも高かった。むしろ、藤森より低い人間などほとんど見なかった。

その上、横幅や肩や腰回りの厚みなども半端《はんぱ》ない。腹回りなどは皆平気で藤森の三倍、四倍とあったりする。

とにかくドイツ人は、縦にも横にも大きかった。アメリカに行った時よりも、なにしろ人間がデカいなと思ったぐらいだ。

なので、別にルーデンドルフ氏が異常なまでに大きいというわけではない。

ただ、その頬《ほお》から顎《あご》までの一面を覆った髭面《ひげづら》のせいで、さらに大きく見える。

いや、やはり実際に日本人の中にいれば飛び抜けて大柄なことは間違いなかった。

「お客さん、そのルーデンさんとやらには会ったことあるの？　男の人だって聞いたけど、奥さんとかも一緒に来てるの？　そこらへん出歩いてるのは、見たことないんだけど」

「奥さんは知らないいんですけど、ルーデンドルフ氏は一度だけお会いしたことがありますよ。五十まではいかないけど、四十歳は超えてるんじゃないかな？　海外の人は、わりに歳食って独身でも平気な人が多いですからね。もしかして、結婚してないかもしれませんが…」

ユリアン・ルートヴィヒ・ハチガヤ・フォン・ルーデンドルフという、署名するのに怖ろしく時間のかかりそうな名前の壮年の男は、会った時にフロックコートに似た形の裾《すそ》の長いコートを着ていたせいか、今思い出してみても前時代の紳士であったような印象だ。

そうだ…、と藤森は思い出す。

ルーデンドルフ氏は見た目こそゴツい髭面男だが、日本の旧伯爵家の娘が嫁ぐような家柄出身の男なだけに、雰囲気は知的だった。そのあたりで紳士という印象を持ったのだろう。

姓の前に貴族称号であるフォンがつくが、確かドイツの地方貴族《ユンカー》の末裔《まつえい》だと言っていた。

ただ、身体が大きい分、声が異常に低くて、教授に通訳するにも非常に聞き取りづらかった。

非友好的というわけではないが、とにかく寡黙《かもく》だった。

もっとも、ドイツ人は親しくならない限りは、ほとんど笑顔も見せないし、サービストークもしない。ただ、そんなドイツ人を引き合いにしてみても、とにかく自分からは口を開かない男だった。

教授の伏見《ふしみ》が八か九ほど喋ると、かろうじて一程度の返事があるという印象だろうか。

この反応では屋敷の調査はとても無理じゃないかと思ったので、今回、とりあえず屋敷を見に来てもいいという返事をもらえたのは、意外だった。

ただし、それには条件があった。見知らぬ人間に大勢でいきなりやってこられることは好まない。

まずはドイツ語でちゃんと会話のできる人間ひとりに限って…という話で、伏見がドイツ語を話せない以上、必然的に伏見の教え子の中では藤森に決まったも同然だった。

別に藤森も堪能《たんのう》というほどドイツ語が話せるわけではないが、他のメンバーはまったくだ。

それともあれは、体《てい》のいい伏見へのお断りだったのか。

もっとも、いくら空気を読む日本人とはいえ、旧蜂ヶ谷伯爵邸への立ち入り調査は伏見の学生の頃からの悲願だ。それぐらいで挫《くじ》けていては、学者などやってられない。

——とりあえず、ルーデンドルフさんが君なら来てもいいとおっしゃってるそうだから、行って十分にお願い申し上げて、立ち入り調査への協力を取りつけてきてね。自分の血縁でもある日本のことを色々知りたいっていうことだから、頑張ってヨイショして、とにかく気に入られるようによろしく頼むよー。

勝手に藤森の夏休みをこの鬱蒼とした森の中の屋敷への派遣《はけん》に決めてしまった伏見は、調子よく言ってのけた。

そうだ、俺の夏休み…、と藤森は自分をいいようにこき使う伏見の顔を恨めしく思い浮かべた。

伏見は日本の建築学上では権威だ。知識も分析力も、申し分ない。論文や著作物も多いし、建築について語る番組や出版物では、始終引き合いも来る。さらに大学の研究室という狭い世界のヒエラルキーの頂点に君臨《くんりん》し続けて長いので、なかなかどうしていい性格をしている。

藤森など、小間使い扱いだ。通訳、礼状書き、教授の空港への送迎など、本当に体よくこき使われている。

もっとも藤森自身、オーバードクターとなってしまい、伏見に私立の三流大学、四流大学の非常勤講師を世話してもらった身なので、頭が上がらない。あてにしていた塾講師のバイトも、昨今の不景気のせいか希望者が多いようで、思ったように枠がもらえずにこの夏は干上がりそうになっていた。

おかげでこんな何もない、最寄りの駅からタクシーで二十分以上も走ってまだ着かないような山奥に単身放り込まれる始末だ。

救いは周囲が別荘地になるような高原地帯なので、東京に比べてかなり涼しいことと、三食無償で保証されていること、光熱費がただなことぐらいか。

そのあたり、海外の人間の感覚は鷹揚《おうよう》だ。滞在するなら食事も込みで数日以上…、などと平気で言ってくれたりする。そうでない場合は、食事代と光熱費は入れて欲しいと最初に明確に指示される。日本人には非常に言い辛い話だが、極めてドライだ。

やはり人間、生きていかねばならないので、身のまわりにかかる費用はそれなりに大きい。あと、建築にたずさわる人間としては、いまだに何の調査も入ったことのないという屋敷も非常に魅力的だ。しかも、教授が長年立ち入り調査を希望してやまないほどの、稀少《きしょう》な屋敷だ。

それについてはかなり心躍る。一応、あんな好き勝手やっているようなハゲでも、建築に関する目は確かだ。そんな伏見がそこまで入れ込む屋敷なら、やはり実物を見てみたい。

「しかし、そんな細かく肉の部位の指定だの、ライ麦だのって、入荷するのも大変でしょう？」

地方の食料品店に、ずいぶん無茶な注文をつけるものだと思って聞いてみる。

「それがさ、このあたりって地域的に外人さんが多いでしょ？　昔、外人さんの避暑地だったせいかな。そのおかげで、別荘やホテル、高原レストランなんかもポツポツあるから、外国の食材が意外に入ってくるんだって。牧場も多いし、肉やチーズ系もそれなりに本格的に作ってるところがあるらしくって。だから、挽《ひ》いたライ麦だの何だのって細かく指定されても大丈夫なんだって」

確かに少し行けばN県というこのあたりは、関東の避暑地として昔から外国人が多く足を運んだ場所だ。今も好んで住みついている外国人アーティストなども多い。

日本人は都会に集まりがちだが、海外の人間はけっこうな僻地《へきち》や田舎でも好んで住む人間もいる。むろん、都会を目指す人間も多いが、自然に囲まれて住むことに抵抗のない人間は日本よりも多い。

「そろそろじゃないかなぁ。あ、見えてきた、見えてきた」

運転手の声に藤森が前を覗《のぞ》き込《こ》むと、煉瓦《れんが》の柱に支えられた黒い鋳物《いもの》製の大きな両開きの門が見えてくる。

なるほど、旧華族にふさわしい門構えだな、と藤森はわくわくと鞄《かばん》の中からカメラを取り出す。

「あー…、門閉まっちゃってるけど、お客さん。どうします？」

門の前に車を停《と》め、運転手は振り返った。

「えーと…」

藤森はウィンドウを下げて、その立派な門をしげしげと見る。

上端に化粧矢尻《けしょうやじり》のついたゴシック様式の見事な造りで、これだけでこの奥にある屋敷の重厚さ、広大さがわかるというものだ。

ただ、今日びの屋敷と違って、インターホンがない。

藤森は首を伸ばして見まわしてみたが、古びてがっしりとした門柱にはそんな現代的なものはとりつけられていなかった。

「あれぇ？　今日、この時刻に伺いますって連絡しといたんだけどな」

しかも、門には車の中からもわかるほどにガッチリとした門《かんぬき》が取りつけられ、それには錆《さ》びかけた鎖《くさり》が巻きつけられている。

見るからに来訪者を寄せ付けない雰囲気だ。中に誰かが住んでいるとわかっていなければ、今は空き家だと思ってしまうだろう。


「すみません、ちょっと待ってて下さい」

ブルーのストライプの半袖《はんそで》シャツをまとった藤森は、クーラーの効いた車内から降りた。

門を再度しげしげと見まわしてみて、インターホンも何か伝言めいたものもないことを見て取る。

そして、携帯を取り出してギョッとした。

「うわ、圏外…てか、こんな山の中じゃ当たり前か」

まいった…、などと呟《つぶや》いていると、後ろから軽トラックが走ってくる。

軽トラの運転手はタクシーの後ろで停まると、ウィンドウを下げた。

「あんた、藤森さん？」

「はい、そうですが」

顔を覗かせた年配の老人に答えると、相手はトラックから降りてきた。

そして、持ってきた鍵で、門に巻きつけた鎖に取りつけられた大きな南京錠《なんきんじょう》を外す。

そのまま、老人は軋《きし》み音を立てながら門を開けた。

「よかったです、お留守かと思って」

笑顔で会釈《えしゃく》した藤森がタクシーに戻ろうとすると、老人は振り返った。

「あんたはここから、わしの車に乗れ」

ぶっきらぼうな言い分に、はぁ…、と藤森は頭を下げる。

愛想はないが、とりあえずは中まで連れていってくれるらしい。

「あれ、庭師の丹波《たんば》さんな」

ここまでの料金の支払いをする際に、運転手がこっそり教えてくれる。

「庭師さんなんですか?」

なるほど、職人肌っぽいなと藤森は頷《うなず》く。

「代々、ここの庭師やってるじいさんだよ。屋敷が空いてる時の管理も任されてるんだ。偏屈《へんくつ》だけど、まぁ、あの人はああいう人だから」

親切に教えてくれる運転手に礼を言い、藤森は荷物の入ったスーツケースをトラックの荷台に乗せ、助手席に乗り込ませてもらう。

「すみません、藤森です。よろしくお願いします」

「ああ」

藤森の挨拶《あいさつ》に、無愛想な丹波は短く答えた。


「うわ、いい造りだー」

玄関前の見事な車寄せを見て、藤森は弾んだ声を上げる。

思っていた以上に天井は高く、完全に海外の洋館のスケールだ。日本の避暑地の別荘などというレベルではない。

これは確かに、伏見が長く執着するはずだ。これほどの規模の屋敷に、いまだ正式な調査が入っていないというのもすごい。場所が東京なら、すでに重要文化財に指定されていても不思議はないほどの重厚さと歴史がある。

むろん、そのあたりはずっと個人所有の屋敷であったことや、途中、外国人に所有権が移転した事も関係しているのだろうが、それでも建築マニアには垂涎《すいぜん》の屋敷だ。

今は海外でも、個人所有でここまでの屋敷はそう残っていない。これぐらいの大きさともなると、たいていはホテルなどに改修されてしまって…、などと藤森は忙しく頭を巡らせる。

「ネオ・ゴシック…、いや、一部ロマネスクになるのかな。いいなぁ！　すごいですよね？」

嬉々《きき》として車を停めた丹波に声をかけてみたが、老人はなんとも答えずに荷台のトランクを降ろそうとする。

「あ、いいです。本が色々入ってるんで重いんです」

根本的には建築オタクなので、丹波に愛想がなかろうと、とにかく屋敷の内部を見れることへの喜びで頭がいっぱいの藤森は自分でいそいそと重いトランクを降ろす。

一応、ルーデンドルフ氏に対して日本語や日本文化についてのレクチャーをしながら、一、二週間程度の滞在ではどうだろうという話を受けてきたので、それなりに荷物も多い。自分の論文などもあるので、資料も相当に持ってきた。

よいしょ、などと言ってトランクを降ろしていると、車の音を聞きつけたのか、両開きの玄関の片側が開く。

藤森がそちらを振り返ると、中から今日び、メイド喫茶でしか見られないような、クラシックな黒のドレスに白のエプロンを身につけた中年の外国人女性が出てきた。

年齢的に五十代半ばだろうか。細身で目が大きく、鼻は高く尖《とが》って顔立ちは全体的にきつめだ。一部白髪交じりの黒髪をきっちりと後ろで結い上げて、ヘッドドレスを着けている。

メイド喫茶と決定的に違うのは、踝《くるぶし》に近い長さのあるスカートの丈とそれに見合ったエプロンの大きさ、レースのフリフリ度だ。あれは観賞用だが、こちらは装飾度合いは非常に低くて、完全に実用的なものだ。

顔立ちといい、雰囲気といい、これはドイツ人女性だろうなと藤森は勝手に見当をつけた。

『こんにちは、初めまして、藤森です』

一応、ドイツ語でにこやかに挨拶してみたが、身体の前で両手を組みあわせた女性はにこりともせずに頷いた。

『時間きっかりです。よろしい』

ハイジの中に出てくる、あの眼鏡《めがね》のキツいおばさんみたいな人だな…、と藤森は内心思う。使用人にしては、かなり高圧的だ。

でも、この格好なら、まかり間違ってもルーデンドルフ氏の母親という事はないだろう。

もっとも、藤森の立場は客というよりは日本語教師に近いので、このメイド頭《がしら》のようなおばさん相手なら、対等か、場合によっては格下だ。

『よろしくお願いします』

とりあえず、頭を下げておく。

その間に、丹波はひと言もなく軽トラを発進させ、屋敷の裏手へと行ってしまう。

「あれ？　え？」

本当に門からここまでの送迎だけだったのかと、呆然《ぼうぜん》と軽トラを見送る藤森にマダムは声をかけてくる。

『こちらへ』

先に立って屋敷の中へと入ってゆくマダムに、藤森はおとなしく続いた。

『荷物はそこへ』

入ってすぐのドアの脇を指差され、本がかなりの量収まった重いスーツケースを置く。

屋敷の中は見た目通り、玄関先からすでに狂喜したくなるような見事な造りだった。

広くて天井が高い洋風の造りだが、所々、やはり日本人用に作られているなという趣もある。このあたりは、建てたのが日本の大工《だいく》だからだろう。

昔は大工の棟梁《とうりょう》が、独学で和洋折衷《わようせっちゅう》のユニークな建物を建てた例もある。そういった職人魂《だましい》が、また藤森のような建築マニアのハートをくすぐってたまらない。

この当時の和洋折衷の細やかかな、時に大胆なセンスは時代を超えて、今も現代人の感性に絶妙にヒットするものがある。

黒い石張りの三和土《たたき》に直接出られるドアがかたわらにあるのは、納戸《なんど》か靴《くつ》入れなのか。

今でいうシューズルームのようなもので、昔の設計としては画期的《かっきてき》な造りだ。このあたりなら土地柄、スキー用品などを置けるようになっていても不思議はない。

舐《な》め回《まわ》すように見たいが、この礼儀作法にうるさそうなマダムの気分を害するのはどうかと思い、藤森はとりあえず案内されるままについていった。

それなりに使い込まれた濃い臙脂《えんじ》の絨毯《じゅうたん》の上を歩き、少し奥まった部屋のドアをマダムはノックした。

何か唸《うな》るような短い返事があったが、聞き取れない。かなりインパクトのある低音だ。しかも、美声というわけでもない。

マダムはドアを開けると、小さくひとつ頷いた。

目だけで中へと入るように促《うなが》され、どうも…、と藤森は日本語で呟く。

中は書斎のような部屋らしい。

大柄なルーデンドルフ氏は窓際に立っていた。

窓からの明るい日射《ひざ》しに、巨大な影がより大きく見える。ダークブロンドの髪は、日の光に透けて金色に輝いている。

以前は丈の長いフロックコートに似たシルエットのコートを着ていたが、今日はサマーコットンのシャツにスラックスという軽装のせいだろう。以前よりは少し若く見えた。

ただただゴツいと思っていた体型も、思ったより引きしまっていて若々しい印象だ。かなりの筋肉質でもある。何かスポーツで鍛えているのか。

だが、あいかわらずの立派な顎髭面で、顔を見るとやはり四十代半ばだなと思う。

正直なところをいうと、外国人にこんな顎髭を蓄《たくわ》えられると年齢不詳だ。もしかすると、五十を過ぎているのかもしれない。

先々代あたりで日本人の血が入っているはずだが、見てくれからはそんな様子は少しも見てとれなかった。

『お久しぶりです、今日はお招きありがとうございます』

頭を下げると、意外にも日本語が返ってきた。

「ようこそ、いらっしゃりました」

アクセントはおかしいし、日本語としても微妙だが、一応、好意的な反応だと藤森は笑みを浮かべる。

事前に人間嫌いだ、相当の偏屈だ…、などと間に立つ法律事務所の代理人から聞いていたので、少しほっとした。

ルーデンドルフ氏が差し出してきた手を握《にぎ》りしめると、冗談抜きでその手の中にすっぽり藤森の手が収まってしまう。ガタイもデカいが、手も半端なく大きい。

しかし、大きくても意外に指は長くて優雅な印象の手だった。

『無理なお願いをして申し訳ありません、とても素敵なお屋敷で感動しました』

ルーデンドルフ氏は藤森の手を固く握りしめたまま、じっと目を覗き込んできたあと、口許《くちもと》をもぞりと動かす。

髭のせいでわかりにくいが、どうやら笑ったらしい。

多分、笑った、笑顔を見せた…、そういうことにしておこうと、藤森は思う。

そもそも西洋人は、特にヨーロッパの人間は愛想笑いを罪だと思っているようなフシがある。

特にドイツでは笑っている人間は隙《すき》だらけとみなされることも多く、ちょっとやそっとではにこりともしない。なので、さっきのおっかないマダムが意地悪だというわけではなく、あれが親しくなる前の普通のドイツ人らしい反応だ。

もっとも藤森は、そうドイツ人の日常やキャラクターに精通しているわけではないので、基本的に何事もポジティブに捉《とら》えていきたい。

そうして考えると、たとえ藤森ひとりであっても、とりあえず屋敷に来てよい、しかも一、二週間ほど滞在するつもりで…、というルーデンドルフ氏の返事は、相当に友好的なものだった。

『こちらこそ、再びお目にかかれて光栄です。少しずつ日本の言葉や風習を教えて頂けるとか。どうぞ、ゆっくり滞在なさって下さい』

ヘル・フジモリと呼びかけられたが、やはり微妙に言いにくそうだ。

『呼びにくいので、もし、お嫌でなければケンジと呼んで下さい』

ドイツでは原則、よほど親しい仲でない限り、名は呼ばないことは承知しているが、別に藤森にこだわりはないので呼びやすい方で呼んでもらっていい。

そう申し出ると、ルーデンドルフ氏はなるほど、とひとつ頷いた。

『では、私も、どうぞユリアンと呼んで下さい』

ユリアンなどという女性でも通用する繊細な名前の響きからすると冗談のようにゴツいが、それはまぁ、ご愛敬だ。

あれ、銀色…、とようやく目許をやわらげたユリアンの瞳を見上げた藤森は思った。

グレーだと思っていたが、光の当たりようによっては銀色に近い色となるらしい。

グレーの目は光の差し込み方によっては青や緑に見えると聞いたことはあったが、銀色に見えることもあるらしい。

へぇ…、と藤森は感心する。

とっさに綺麗だなと思った。

このあたりは、虹彩《こうさい》の色が薄く日本人の目とは色味そのものが違うので、不思議な色だなと思うものの、食い下がって聞くほどの仲でもない。

逆に、あまり顔や身体つき、肌や髪の色といった自分では変えようのないことについて、最初からあれこれと不躾《ぶしつけ》に聞くのは失礼だと思った。人種の違いというのは、それだけナーバスな問題だ。

親しくなって、いずれ機会があれば聞いてみるぐらいに思っておけばいい。

そこへノックがあり、さっきのマダムが銀の茶器セットの載ったワゴンを運び込んでくる。

さすがにこんな重厚感のある古い屋敷では、銀の茶器といったクラシカルなセットも様《さま》になった。

ただ、マダムが無言でカップに注《そそ》いだものは、紅茶ではなく、コーヒーだった。

てっきりシルバーといえば紅茶なのかと思っていた藤森にはかなり意外だったが、好みでいえばコーヒー党なのでありがたい。

にこりともせずにかたわらの小ぶりなテーブルにカップを置くマダムを、ユリアンは示した。

『フラウ・ゲスナーです。この家の掃除や洗濯など、家事一般を取りまとめてくれています』

いくら洗濯を担当しているとはいえ、シーツ以外の衣類は自分で洗った方がよさそうだな…と思いながら、藤森はもう一度会釈をする。

フラウはドイツでは既婚女性への呼びかけに用いられる敬称だ。英語で言うところの、ミセスに当たる。

『フジモリです、お世話になります』

愛想のないマダムも、今度は身体の前で指を組み合わせ、わずかに会釈を返した。

コーヒーテーブルのようなものはあるが、椅子《いす》はないなと、藤森は戸惑った。

立ったままコーヒーを飲むのだろうかと迷う藤森の前に、ユリアンは重厚なウィングバックのひとり掛け用チェスターフィールドソファを持ち上げ、ひょいと運んでくる。

げっ…、声には出さなかったが、一瞬、藤森は目を大きく見開いた。

とんでもない膂力《りょりょく》だった。

見た目、軽く五、六十キロはありそうなどっしりとしたソファだ。それを、ピアノ椅子のようにテーブルのかたわらへと軽々運んでくる。

確かにデカいし腕っ節も強そうだが…、と藤森は下ろした椅子を平然と勧めてくる男に、作り笑顔で礼を言った。

見た目だけで実のところは軽いのかとちょっと押してみたが、椅子はびくともしない。もし、藤森がこの椅子を動かそうとしたら、相当の気合いと掛け声がいりそうだ。

だが、その分、よく使い込まれたソファの座り心地は快適だった。

ユリアンはライティング用のがっしりしたデスクの前から書斎椅子を持ってくると、同じようにコーヒーテーブルのかたわらに置き、藤森にコーヒーを勧める。

香り高いコーヒーは、マダムの手際のよさを感じさせた。おっかなそうな分、仕事はできそうだ。

一応、日本の伝統に則《のっと》ってみやげ物の菓子折などを持参したが、これはあとでマダムに渡せばいいものかと、藤森は考える。

『今日はゆっくりくつろいでもらって、明日、家の中を案内しましょう』

ずいぶん美味《うま》そうにコーヒーを口に運びながら、ユリアンは藤森の顔を眺める。

以前はほとんど藤森の顔を見ることもなかったが、今日はずいぶん見られているような気がする。

それでも、肝心なところでひょいと視線を逸《そ》らされる。

愛想はないが、話をする時にはまっすぐこちらの目を見てくるドイツ人としては珍しいタイプだ。

見た目よりもシャイな性格なのか、それとも代理人の言うようにただの変人なのか。

珍しくユリアンはその後、多めに言葉を継いだ。

『基本的にこの家の中は自由に歩いてもらってかまいませんが、フラウ・ゲスナーの部屋やその管轄下のリネン室、洗濯室、配膳《はいぜん》室、それから使用人であるパウルの私室、料理人のフォルストの私室とその管理下にある厨房《ちゅうぼう》とパントリーには、断りなく入らないようにして下さい』

『ええ、承知しました』

口は重くとも、明確に条件を提示してくるのはいかにもドイツ人らしい。

これは向こうにしてみれば、別にまったく悪気はないことだった。

むしろ、最初に条件を曖昧《あいまい》にしておいて、あとでクレームをつけるよりも誠実だという発想だ。

しかし、フラウ・ゲスナーはさっきのマダム、料理人はタクシーの運転手の話していた事細かに食材に注文をつける相手だとして、あとのもうひとりは…、と思ったところで、ユリアンがドアの方へ向かって、パウルと声をかける。

そこにはいつの間に入ってきたのか、三十前後の細身の男が立っていた。

ウィングカラーのシャツに蝶《ちょう》ネクタイ、黒のドレスコート、グレーがかった辛子《からし》色のベスト、裾を絞った膝《ひざ》までのグレーの半パンツを着用している。半パンツはニッカボッカーズなどと呼ばれる、最近ではあまり見ないクラシックな形だった。

その半世紀ほど前のスポーツウェアのようなシルエットのパンツの下には、さらに白のタイツとオペラパンプスを履《は》いている。

全体を見ると中世とまではいかないが、ずいぶんクラシックな雰囲気の衣装だった。藤森は服飾史についてはあまり知識がないので、なんだかずいぶん前時代的な衣装だなという感想しか出てこない。いわゆる男性使用人としてイメージする服装よりも、さらに時代がかっている。もしかして、フラウ・ゲスナーのメイド服より、まだ古いデザインではないだろうか。

そういえば、イギリスハノーヴァー朝の頃のテールコートを着た紳士が、こんな雰囲気だったなと、藤森は以前イギリスで見た肖像画を思い出す。

しかし、残念なことに若干猫背だ。やはりこういう制服は、姿勢をピンと伸ばしてこそ映《は》えるのではないだろうかと、藤森はこっそり胸の内で思った。

ブルーの目は大きく、それがまた吊り目だ。グレーに近い、濁《にご》ったアッシュブロンドの髪色を持っている。

猫男《ねこおとこ》…、藤森はこっそり自分の中であだ名をつけた。ユリアンがむくつけき髭男、熊男《くまおとこ》といった体《てい》なら、こっちは猫っぽい。

だが、古い屋敷の中ということもあり、見た目にコスプレという印象はない。フラウ・ゲスナーのように、きっちりとその衣装がはまっているのはさすがだ。

気のいいタクシー運転手が食う量が半端ではないと言っていたが、確かに主人であるユリアン以外に数名の使用人もいれば、食料品の量も多かろう。やはりこのフラウ・ゲスナーやパウルは、ドイツから共に連れてきたのか。

使用人を海外へ連れてゆくというのはあまり日本ではない感覚だが、このあたり、海外のセレブは違うのか。そもそも、日本では使用人という存在そのものが今ではほとんどない上、仕事というわけでもないのに海外に長期滞在する人間も稀《まれ》だろう。

ユリアンは仕事でこの屋敷に滞在するわけではないと、代理人には聞いている。だが、いわば長期休暇のようなものだとしか聞かされていないので、詳しくは知らない。

いたって普通の庶民感覚しか持ち合わせない藤森には、色々と図り知れない。そもそも、海外の案件を多く扱う大手法律事務所の人間が代理人として動いていること自体、すでにスケールが違うのだろうなとしか思えない。

ただ、研究対象である様々な建築物を通して垣間《かいま》見る、途方もないお金持ちの生活というのは傍目《はため》には面白いものだ。

また、そうして建築物を通してそこに住まう人々の生活や思考に触れることが好きで、この研究をやっているとも言えるので、今回はまさに住み込みで目の当たりにできるいい機会とも言うべきか。

考えてみると、ある意味、研究者としては一生に一度できるかどうかという貴重な経験でもある。人の都合も聞かずにここへ放り込んでくれた伏見教授には言ってやりたいことはあるが、こうして研究対象となるような屋敷で日常的に寝起きできることなど滅多《めった》にない。

ユリアンにパウルと呼ばれた男は、かたわらに藤森のスーツケースを提げてきていた。

『このパウルが、あなたを部屋まで案内します』

『あ、よろしくお願いします』

藤森は飲み終えたカップを置くと立ち上がり、一応、頭を下げた。

猫男は胡散臭《うさんくさ》そうな顔でじろじろと藤森を見ると、先にドアを開けて部屋を出ようとする。

愛想のないフラウ・ゲスナーとはまた別の意味で感じが悪い…、そう思ったところで、ユリアンは猫男の名を低く呼んだ。

『パウル』

もともと低い声を低めると、ほとんど唸り声のようだ。必要以上に脅《おど》すつもりはないのだろうが、とにかく迫力がある。

猫男は片目を眇《すが》め、かなり嫌そうな顔を作ると、ドアの外を指差した。

『こっちだ』

使用人としては失格ではないかという態度で促す男に、ユリアンはさらに髭の間から声を発した。

『パウル、失礼のないように』

採用間もない、あまりレベルの高くない使用人なのかなと、藤森は内心首をひねりながらもユリアンに頭を下げた。

『じゃあ、お言葉に甘えて失礼します』

『どうぞ、自分の家だと思ってくつろいで下さい。夕飯時にお会いしましょう』

浮き世離れした歓待の言葉と共に、再度、藤森の手をそのガッチリした大きな手で握りしめ、ユリアンは部屋を送り出してくれる。

だが、確かに本気でお会いするつもりでないと、その日のうちには再会できないような規模の邸宅だな、とパウルのあとについて階段を上がり、さらに長い廊下を歩いた藤森は思った。

階段は玄関を入ったところと書斎脇にあるのを確認したが、あと、ひとつやふたつはありそうな家だった。

藤森を部屋まで案内してきたパウルは部屋のドアを開ける。

「へぇ…、素敵な部屋だな」

十畳以上はある天井の高い部屋だった。古い家なのに、天井から下がった赤い別珍《べっちん》のカーテンもベッドも清潔感があるのは、あのフラウ・ゲスナーの手際か。

窓際には書類机があり、それとは別に椅子とテーブルのセットがある。おそらく、いくつかある客間のうちのひとつだろう。それとも、もと蜂ヶ谷伯爵家の誰かが使用していたのか。

隣室へのドアが開け放ってあるということは、そこも使用していいということだろう。なんとも贅《ぜい》沢《たく》な扱いだ。

ホテルなどよりもよほど居心地のよさそうなこの部屋への滞在を許された藤森は、ずいぶん満足しながら部屋を見まわす。

ドアの上部や天井にも、マホガニーの細やかな装飾が施されている。天井のマホガニーの枠の間に貼られている黄金色の布地はペルシャ刺繍《ししゅう》で飾られ、それだけで溜息ものだった。

「すごいな、いつの細工だ？　これはまた趣味がいい」

こんな山奥にこんなクオリティの細工を、ここまで完璧に近い状態のまま保持できる屋敷があるだなんて、まるで夢のようだ。自分本位な伏見教授の横暴にはいつも辟易させられているが、やはり素晴らしい建築水準の建物を嗅《か》ぎつける能力は素晴らしい。

磨《みが》き抜かれた床は、精巧な寄木細工《よせぎざいく》だ。そのデザインも斬新なものだ。

「こいつは素晴らしい」

藤森が嬉々として呟いていると、パウルがスーツケースを運び入れてくる。

パウルは入り口付近にスーツケースをどかりと置くと、ぐいと指差した。

『重い！』

それだけ言うと、男はさっさと部屋を出てゆく。

「…え？」

バタンと閉まったドアを、藤森は呆然と見た。

人間驚くと、すぐには言い返す言葉も出てこない。

「………何なんだ、あの男」

使用人が客に見せるにしてはあまりにも傍若無人《ぼうじゃくぶじん》な態度ではないかと、藤森は首をひねった。

II

根が真面目《まじめ》な藤森は、伏見が勝手に請け負《うお》ったこととはいえ、翌日から律儀にユリアンに日本語の手ほどきをはじめた。契約不履行と言われ、この屋敷から放り出される、あるいは伏見に今後の研究お断りなどと言われても困るからだ。

日本語の授業は専門外とはいえ、一応、日本語学科に行った友人に尋ねて、日本語の教材なども持参してきた。家庭教師や塾教師なら経験もある。自分なりに予習もしてきた。

ユリアンは曾祖母《そうそぼ》とはいえ、日本人の血も引いている身だ。ここにこうして住まい、伏見に日本のことを知りたいと言うからには、自分のルーツにもそれなりに興味があるのだろう。ユリアンに学びたいという意欲がある以上は、きちんと教えておきたいし、日本のことも知ってほしい。

しかし、そうして実際に日本語授業のようなものをはじめてみると、初日のあの会話はユリアンにしてはかなり口数の多い方だったのだと痛感することになった。

おそらく、最初に会った時のこちらが八か九を話して、ようやく一程度の答えが返ってくるというのがデフォルトだ。とにかく会話が弾まない。指示した内容以外の受け答えがほとんどないので、藤森はかなり苦戦した。

表情も、顔の半分近くが髭で覆われているために読みにくい。普通の人間はほめると嬉しそうな表情を見せるものだが、ユリアンに限ってはただ目を伏せる。それが実ははにかんでいるのだとわかるまでに、少し時間を要した。

理解は悪くないようで、それはすぐにわかった。聞くことについては、非常に熱心だ。なので、苦戦しながらもそんなユリアンの熱心さが救いだっただろうか。授業そのものには、ずいぶん身を入れてくれるので助かった。

発音もとても丁寧にしていることはわかるが、いかんせん低音なので聞き取りづらい。それをユリアン自身が自分の発音が悪いせいだと思わないように、何度もフォローしながら慎重に進める。

五、六十キロの椅子を軽々抱えるほど途方もない腕っ節を備えたユリアンは、見た目とは裏腹にずいぶん慎重でナイーブな相手のようだった。

ある意味、浮き世離れした夢想家っぽいというのだろうか。授業以外の時間は、最初に通された書斎らしき部屋に籠《こ》もっていることが多い。

何をしているのかと尋ねても、読書と書き物を少し…、というシンプルな答えが返ってくる。最初に書斎を見た時に思ったが、この家にはパソコンなどといった類《たぐい》のデジタルなものはない。

それどころか、テレビやラジオすらない。

おかげでネットにケーブル接続、最悪の場合はダイヤルアップ接続…などと考えていた藤森のささやかな期待は、あえなく潰《つい》えた。

携帯の圏外でもあり、ここは電話を借りない限り、伏見とも連絡が取れない場所だ。

もっとも、伏見は夏休み中だし、今は連絡をマメに取らなければならないような彼女もいないので、今時ネットも繋《つな》がらないのかと思ったぐらいで、ないと言われれば早々に諦《あきら》めもついた。

外で簡単にメールを使えるようになったのも、ここ数年のことだ。海外に行けば、使えると思っていたネット環境が使えない、あるいは必要以上に高い料金設定であえて使わないということもあるので、別に平気だ。

テレビもない環境についてはかなりの変わり者だなと思ったが、メディアやデジタル機器の嫌いな人間、不得手な人間というのは一定数存在する。日本では田舎の年配の人間などに見られるし、個人主義者の多い海外ではそれなりに聞く話だ。おそらく、ユリアンもそうなのだろう。

この屋敷は戦後、長らく空き家だったらしいし、ユリアンもいつまで滞在するかわからない家のためにあえてテレビを購入する必要もないと思っているのかもしれない。

別に見なければ死ぬというわけでもなし、なければない生活にもすぐに慣れる。

それにしてもユリアンの場合は、見た目にはあまり部屋に引き籠もるようなクリエイティブなタイプにも見えないし、いくつもの株を持っていて…などと代理人も言っていた。

これだけの土地と建物を相続でき、ひょいと日本に使用人やコックを連れて滞在できるような人間だ。あくせく働かなくともいいのだろう。

部屋で何か自伝か日記でも書いている、あるいはユンカーだというルーデンドルフ家の歴史でもまとめているのかね…、程度に藤森は思っていた。

授業は一階のいくつかある客間のうちのひとつで行う。八畳ぐらいの部屋だろうか。丸い円卓をはさんだ、木漏《こも》れ日《び》の涼しい部屋だ。冬には火を焚《た》くための、本物のマントルピースがある。

午前に一時間、午後に二時間といったペースだ。

時折、足許を灰色の猫がうろうろすることがある。

どうやら、ユリアンの飼い猫らしい。まだ若いらしくて目はブルー、瞳と毛色の取り合わせもあって、見た目はかなり洋風な猫だった。ユリアンには懐《なつ》いているようだが、藤森にはてんで素っ気ない。

名前は日本語で「ワガハイ」といいます…、そうユリアンに言われた時には、笑ったものかどうか迷った。

どうも何かの勘違いでつけたようだが、何度聞いてみてもそれがどういった勘違いによるものなのかはよくわからなかった。

あともう一匹、年老いた「ヒルデ」という手脚の先だけ白の黒い牝猫《めすねこ》もいるようだが、慎重派らしく、ヒルデについてはまだ遠目にしか見かけたことがなかった。

ただ、猫がいる割には屋敷の家具や柱はあまり荒れた形跡がなく、使用人らも猫にあまり関心を払っている様子もない。躾が行き届いているのか、別に猫が遊ぶ部屋があるのかは知らないが、猫も騒ぐわけではないのでとにかく静かな屋敷だった。

慌ただしい世間から切り離されたように、ここではずいぶんゆっくりと時間が過ぎてゆく。

日本にいるというよりも、海外の田舎の屋敷に滞在させてもらっている…、顔を合わせるのは外国人ばかりだし、そう考えるとインターネットを使えないのも、テレビや新聞がないのも、すぐに気にならなくなった。


屋敷に来て四日目の晩、ようやく食事に温かなシチューがついてほっとした。

ドイツでは一般的に朝食や昼食が一番充実していて、夜はサンドイッチとサラダなどで軽くすませる。朝食並みの内容で、いわゆる冷たい食事などといわれるものだ。

あらかじめ知識はあったし、藤森がドイツに行ってる時には夜も安い屋台やファーストフード店などで温かな食事を取っていたので、向こうでは何とも思わなかった。

しかし、実際に寝る前に冷えた食事が続くとなると厳しい。夏とはいえ、高原地帯なので夜はそれなりに冷える。

ユリアンに温かい味噌汁《みそしる》が恋しいとこぼすと、料理人のフォルストに伝えてくれたらしく、夜も立派なシチューにアスパラのバター炒めなどの温かな食事が並んだ。

フォルストには一度、ユリアンに屋敷の中を案内してもらった時に挨拶したが、五十絡みの職人気質《かたぎ》の男だった。見た目には中背だが恰幅《かっぷく》のいいドイツ人らしい体格で、親方《マイスター》風とでもいうのだろうか。とにかく料理のこと以外にはドライで、藤森に関しても食事を取る頭数がひとり増えた以上の関心はないようだった。

食料保管庫と厨房には断りなしには絶対に立ち入らないでくれと言われただけで、挨拶もそこそこにフォルストは午後のパンの仕込みをはじめていた。

もっとも、パン作りから肉やハム、ソーセージ類の仕込みまで、すべてひとりでこなしているので、妙な客に仕事を中断されたくないというのはわかる。

作る料理は美味しいが、量はやはりいつも多く、かなり重めのドイツ料理だった。

英語は話せるらしく、食材の注文はフォルストが英語のメモを書いて丹波に渡し、丹波がそれを近所の食料品店に直接持っていって、食料品店の方でその英語の注文を読み取っているようだ。

今日の昼はユリアンが丹波に依頼してくれたらしく、のり巻きといなり寿司が皿の上に載って出てきて、それはそれで藤森を喜ばせた。

格別会話が弾むというわけではないが、ユリアンはユリアンなりに藤森に少しでも快適に過ごしてほしいと考えていることは十分に伝わってきたせいもある。

温かいものを腹に入れ、湯船にゆっくりとつかった藤森は満足な気分で出てきた。

明日には電話を借りて、そろそろ伏見の自宅にでも連絡を入れようなどと考えていた矢先だった。

月の光がずいぶん明るい晩で、藤森はふと窓の外に目を取られた。

灯《あか》りはすでにベッドサイドのランプだけに絞ってある。

今日は満月だっただろうかと、藤森はレースのカーテンの隙間から外を覗いた。

そこからは月明かりに照らされた庭しか見えないので、なんとなく廊下に出て月の姿を探す。

すると、玄関からふらりと出てゆく大きな人影が見えた。

あの髭、あれだけの背丈だと間違いようなく、ユリアンだった。

こんな時間に何の用かな…、と藤森はそのままユリアンの姿を目で追う。

ここに来てテレビもネットもないので、ずいぶん夜の早い健康的な生活になっているが、多分、時刻は十時前後だ。

男は手ぶらで、もう少し早い時間なら夜の散歩かと思ったが、散歩には少し遅い。

しかも、灯りも持っていない。

危なくないか…、と藤森は首をひねった。

いくら自分の家の敷地とはいえ、あたりは鬱蒼とした森だし、外灯も人家もない。

月が明るくとも、道もあまり整備されていないし、影に入れば足許も危うかろう。

藤森は部屋に戻ると、圏外だが、一応、毎日充電している携帯を取って戻る。

もしかして小さなライトでも持っているのかもしれないが、玄関を門の方へと歩いて行ったユリアンはすぐにはそれを使う様子もなさそうだった。

せめて二人いれば、もう少し夜道の危険も減るだろう…、そう思って藤森はユリアンの出ていった玄関へと向かう。

藤森も寝るにはまだ少し早いような時間だ。

持ち前の好奇心もある。

何か面白い散歩コースでもあるなら、連れていってもらおうじゃないかと思った。

外に出ると、月明かりは確かにかなり明るく、しばらくは道を辿《たど》るのも楽だった。

星も相当数出ている。天体観測というには月は邪魔だが、満天の星と月の光を楽しむというのなら、これはこれでありだろう。

玄関までの二、三分程度の時間差なら、多少急げば男に追いつけると思った。

だが、いくら急ぎ足で歩いても、ユリアンの姿は見えてこない。

絶対に追いついてやるという妙な意地も出てきたために、とうとう門まで歩いてみた。それでも、ユリアンには追いつけなかった。

しかも、門は最初にここにやってきた日のように錆の浮いた鎖が巻きつけられていて、開けられた形跡がない。

藤森は首をひねった。

自分が気がつかなかっただけで、どこか横道があっただろうかと思う。

ただ、昼間なら気がつくだろう小径《こみち》も、この暗がりではおそらく見逃してしまうだろう。

半分は好奇心混じり、あとの半分はここまで追ってきた意地もあり、どこか横道はないのかと、帰り際、携帯のライトであちこち照らしながら歩く。

しかし、そうして気を取られて歩いているうち、今度は思わぬ窪《くぼ》みに足がはまりこみ、派手に転んでしまった。

痛みに呻《うめ》きながらなんとか立ち上がったが、どうやら左の足首を変な風にひねったらしい。体重をかけると足首に軋むような痛みが走る。

藤森は小さく舌打ちをし、転んだ弾みにすっ飛んでいった携帯を拾うと、左足を引きずるようにして屋敷に戻った。

左が利き足なこともあって、挫《くじ》いた足を引きながら戻るのは、行きと違ってずいぶん時間がかかった。

しかも、ユリアンに追いつけると思ってわくわくと冒険気分で歩いていた時とは違い、暗がりから聞こえる虫の音や鳥の声がかなり耳につく。夜に鳴く鳥や虫の音に詳しくないせいだろう、暗闇の中から聞こえてくる鳴き声は、どこか薄気味悪くもある。

どうしてこんな危険を冒して、あの男は今のような夜遅い時間に散歩になど出たのかと思いながら、藤森は痛む足を引きずって部屋まで戻った。

すでにフラウ・ゲスナーもパウルも寝てしまったらしく、屋敷の中はしんと静まっている。

転んだのは自分の責任だし、あえて誰かを起こして手当てをしてもらうほどの怪我《けが》でもない。

藤森は仕方なく湿気の残ったバスルームで挫いた足首をしばらく冷やし、最後は疲れからベッドに潜り込んだ。


翌朝になってみると、足首は少し腫《は》れていた。

前の晩に冷やしたからこれですんでいるのか、冷やしたこと自体、あまり効き目がなかったのかはわからないなと藤森は溜息をつく。

どちらにせよ、自分の不注意による怪我は仕方がないので、身支度をして朝食のために階下の食堂へと向かった。

体重がかかるとまだ痛むので、左足を引きずり、壁に手をつきながら廊下をゆっくりと歩いてゆくと、階段の途中で驚いたような声が上がった。

『足をどうされました？』

振り返ると、ユリアンが階段を駆け下りてくる。

大柄な体格に見合わぬ敏捷《びんしょう》な動きで、藤森はまずそちらの方に気を取られた。

ユリアンはかがみ込むと、藤森の足許を覗き込む。

『ちょっと昨日の晩、足を挫いて…』

心底心配しているような様子の男に、藤森は口ごもる。

『痛みますか』

ひざまずいたまま、藤森が挫いた箇所を見せるのを待っているような様子なので、そこまで大げさに見せなきゃならないほどの怪我じゃないんだけどなと思いながらも、藤森はデニムの裾をめくり、靴下を押し下げる。

『ちょっと腫れているようですね』

腫れた箇所に大きな手をそっと添えるようにして、男は呟いた。

『いや、まぁ、でも歩けますし、ちょっと気を抜いた俺もよくなかったですし』

『捻挫《ねんざ》を侮《あなど》らない方がいいです。クセになってしまうこともありますから』

そう言うと、男は立ち上がって肩を貸してくれる。

肩を貸すといっても、何分、大きな男だ。身体の大小差のせいで、肩を借りるというよりは腕につかまって抱えられている子供のような雰囲気になってしまう。

だが、あまりにもユリアンが真剣なので、断るのもちょっと憚《はばか》られるような雰囲気だった。

本当にそこまで心配してもらうほどの怪我じゃないんだけどな…、と思いながらも半ば抱えられるような形で階段を下り、とりあえず最下段に腰を下ろす。

ユリアンはかいがいしく椅子を運んでくると、そこに藤森を座らせた。

ユリアンに命じられたらしく、パウルが億劫《おっくう》そうな顔で氷や湿布《しっぷ》のようなものをいくつかトレイに載せて持ってくる。本当に何をするにも、仏頂面な男だ。

ただ、今回ばかりはちょっと転んだ程度で大げさに騒ぎすぎだとでも思われてるんだろうかと、藤森はやや肩身の狭い思いとなる。

大量の氷まで用意されているのを見て、藤森は控えめにユリアンに伝える。

『一応、昨日、冷やしたんです』

『冷やした…、じゃあ、大丈夫かな』

氷を手に取りかけていたユリアンはそれを置くと、今度は何か茶色い薬壜《くすりびん》を手に取り、中の軟膏《なんこう》を腫れた箇所にたっぷりと塗りつけた。

強くはないが、ハーブか何かの独特の香りがする。そして、意外にもベタつかずに軟膏はそのまま肌に浸透してゆく。

『何ですか、これ?』

『アルニカという菊《きく》の一種です。消炎や鎮痛作用があって、捻挫や打ち身によく効きます』

ドイツではメジャーな薬草なのだと断り、ユリアンは足首を包帯で固定してくれる。それなりに手際もよく、ちょっと大げさではないかと思うぐらいにきっちりとテーピングされた。

こういうあたりはドイツ人気質なのか、それともユリアンの個性なのかと、藤森は朝から嫌な顔ひとつ見せることなく、丁寧に手当てしてくれた男をまじまじと見た。

階段の踊り場の窓から差し込む朝の光が、ダークブロンドを蜂蜜《はちみつ》色に輝かせている。こうして明るいところで見ると、意外に若いのかもしれないな…、という感想が頭をよぎった。

『あの、大きなお世話かもしれませんけど…』

『はい？』

タオルで手を拭《ぬぐ》いながら、ひざまずいていたユリアンは顔を上げる。

『夜、灯りなしで出歩くのは、ちょっと危険じゃないですか？』

『危険？』

ユリアンはきょとんとした表情となる。

藤森を見ているようで、目が合いそうになるとすっと視線を逸らされたりすることも多いので、こうしてまともに見上げられたのははじめてかもしれない。

『ええ、昨日の晩、玄関から灯りも持たずに出て行かれるのを見て、危ないんじゃないかと思って後を追ったんですけど…、まぁ、結局、転んで怪我をしたのは僕の方なので、人に注意できるような立場じゃないんですが…』

藤森は微妙に言葉を濁す。

ユリアンが特に怪我もなく無事に戻ってきているのなら、こんな忠告もまったく大きなお世話なのだろう。

『お散歩だったんですか？』

尋ねると、ユリアンはしばらく藤森の顔を見つめていたあと、やがて微笑《ほほえ》んで頷いた。

『ええ、ご心配頂いたんですね。すみません、気をつけます』

『散歩なら、何か灯りを持っていかれた方がいいと思います』

そうですね、と男は藤森に手を貸し、立ち上がるのを手伝ってくれる。

『あなたはとてもやさしい』

しみじみと呟かれ、藤森は慌てた。

『いや、大きなお世話じゃないかなって、今もちょっと思ってます』

それを聞いているのか聞いていないのか、このどこか浮き世離れした大男はずいぶん楽しそうに言葉を続ける。

『昨日は月がとても明るかったので…、次からは何か持っていくことにしましょう』

低くて聞き取りにくい声だが、何となく歌うような話し方だなと藤森は思った。流れるような、ちょっと詩でも聞いているような…、散漫な印象だが、漠然《ばくぜん》とそう思った。

『その方がいいですよ、俺みたいに足許をライトで照らしていても、気を抜くとこんな風にみっともなく転んで怪我しますし。この辺は外灯もないですから』

『そうですね、ありがとう。心配をかけました』

藤森を食堂まで支えてくれながら、ユリアンは神妙な返事をした。

III

「これは美味いですね」

ユリアンの前でフラウ・ゲスナー手製のルバーブのパイを口に運んだ藤森は、日本語で呟いたあと、弾けるような笑顔を見せた。

「美味しい？」

ユリアンが尋ねると、また屈託《くったく》のない笑顔が返る。

『ええ、とても！　美味しいから、つい日本語で…。美味いもの食べると、やっぱり母国語が出ますよね』

『あと、痛い時とか…』

『そう、きっと本能に近い部分になるほど、ネイティブな言語で出るんですよ』

そう言って藤森は嬉々としてパイを頬張っている。

ユリアンはその幸せそうな様子に目を細めた。

日本の国立大学工学部建築学科のオーバードクターだという藤森賢士は、今年二十七歳になるらしい。

就職先を募集中だが、何分、研究分野が分野なので、今ひとつつぶしが利かないんですよね…、とぼやいていた。

本当はそのまま研究室に残って、助手になりたいんですけど、これまた希望者が多い割にはポストがなくて…、などと少し遠い目を見せる。

怪我をしたばかりのおとついは、怪我の報告がてら藤森をここへ送り込んだ伏見教授の自宅に電話したようだが、ヨーロッパに発《た》ったばかりだと聞いて、かなり凹《へこ》んでいたようだった。

部屋でひとり、枕を相手にかなりの毒を吐いていた。

立ち聞きしたユリアンにとって日本語の聞き取りは難解だが、何かを毒づいているのだという雰囲気はわかる。

足首の捻挫は藤森自身が考えていた以上に重症で、結局、一昨日、昨日と藤森は部屋からほとんど動けなかった。ひねった直後、無理にひとりで屋敷まで戻ったのが響いたらしい。

丹波に頼み、地元の診療所で松葉杖《まつばづえ》を借りてきてもらったが、今はなんとかそれで屋敷内をもたもたと動いているような様子だ。

若干口が悪いところもあるようだが、根は真面目で善良な好青年だ。夜道で足を挫いたのも、灯りを持たずに出たユリアンの身を案じてくれてのことだとわかった。

藤森は日本人男子としてはいたって標準的な容姿だというが、おそらくそれは日本人特有の謙遜《けんそん》というものだろう。やや線は細いが、見た目はバランスがよく、好奇心旺盛《おうせい》で知的な印象が勝っている。

確かに飛び抜けて美形だというわけではないかもしれないが、表情も含めて素直で飾りがない。欧米人の顔を見慣れた目には新鮮で、尖ったところのない輪郭《りんかく》はやさしく柔和にも見える。

必要以上に手の入っていないさらりとした黒髪や、聡明な印象のある黒い瞳も魅力的だ。どこか神秘的にも思うのは、これは生まれ育った文化の差によるものか。

柔軟なものの考え方も、ユリアンから見ればかなり独特に思える。いわゆる中華思想とも違うし、アジア圏だからとひとくくりにはできないようだ。

体格は少し細い部類に入ると藤森に聞いたが、身体は薄く、腰回りなどはほっそりとしていて、ドイツ人を見慣れた目にはまるで少年のようにも思える。

藤森は自分は小市民なので特に抜きんでたものはないと笑っていたが、色々とこまめに気遣ってくれるところや、常識的なところは一緒にいて快適だった。

また、学者の卵だけあって博学だ。とくに建築学を専攻するだけあって、それに伴う歴史や文化についても色々詳しい。東洋だけに限らず、西洋、あるいはそれ以外の中東などについても、相当量の知識を持っている。

しかし、藤森に言わせると、それは建築学、建築史を知る上では絶対に知っておかなければならない知識なのだという。

頭は切れるのに、表情は少年のように率直でよく動く。素直な表情が思ったままに屈託なくかわるところも、見ていて飽きない。研究熱心で闊達《かったつ》なところも、好ましい。

要するに、ユリアンにとっては一目惚れだった。

日本の伯爵家から嫁いできた自分の曾祖母も、若い頃の写真で見る限り、涼しげな黒い切れ長の目と黒髪で凛《りん》とした美しさのある人で、曾祖父《そうそふ》が周囲の反対を押し切って結婚したのがわかる。

何か東洋的なものに惹《ひ》かれる家系なのだろうかと、ユリアンはフラウ・ゲスナーのルバーブのパイにすっかり機嫌を持ち直したらしい藤森をそっと眺めた。

今日はあまり動けない藤森の居室を訪ね、授業を受けている。パイとコーヒーは、フラウ・ゲスナーが休憩用に運んできたものだった。

ルバーブはドイツではメジャーな、丸く大きな葉を持つタデ科の野菜だ。もっぱら赤い茎を食す。野菜といっても、酸味が強いので砂糖を加え、フルーツのような扱いで甘酸っぱいジャムやゼリー、パイやケーキなどにして使うことが多い。

藤森は食べたことがないと言っていたが、ずいぶん気に入ったようだった。

本当はユリアンが日本を訪れたのは、この屋敷を手放そうかと考えていたためだった。

父親が投機目的で屋敷の周囲の土地を購入していたが、血縁である蜂ヶ谷家も今はなく、ユリアンは生まれてから一度も足を運んだことのない国、そして屋敷だった。

一部、自分の中にもその血が入っているとはいえ、極東の温帯性の国だ。夏はとてつもなく暑くて湿度は高く、気温が三十五度を超えることもあるという。

ドイツでもエルベ川よりも東、雪と氷とで長く閉ざされる冬の厳しい地に育ち、暑さと熱帯性の湿度の苦手なユリアンにとっては、そんな国の夏など考えただけでぞっとするような話だった。

そんな国でもスキー場まで近いということで、今、日本での法律や財務関係を担当してくれている法律事務所を通じ、会員制ホテルや外資系のホテルのいくつかから土地を買いとりたいという申し入れがあったところだった。

それとは別に、旧蜂ヶ谷伯爵家の建物は以前から旧華族の暮らしぶりを現代に伝える価値のある建築物として、有形文化財に指定したいという話もあった。そのため、一度、正式な調査に立ち入らせてほしいというのが、今回の伏見教授からの依頼だった。

場合によっては、重要文化財として指定されるだけの価値があるのではないかという話を聞いた時、正直、まだ自分も行ったことのない屋敷について不思議に思った。

地元では評価が高い建築物としての話は伝わるものの、蜂ヶ谷家がずっと調査依頼を断り続けてきたため、まだ正式に調査が行われたことがないという。

一度、自分に繋がる曾祖母の実家の墓に足を運んだあと、その屋敷を見て結論を出そうと重い腰を上げて日本にやって来た時に会ったのが、伏見の通訳として同行してきた藤森だ。

もともとユリアンは人混みや街中といった騒々しい場所が苦手で、東京にいる間もホテルに引き籠もりがちだった。

だが、藤森に初めて会った時、その涼しげな容貌《ようぼう》に一瞬、目を奪われた。

どれも大差なく画一的にしか見えなかった日本人の中で、藤森だけがふっと浮き上がったように視界に飛び込んできた。

ドイツではエリート層の中でかなり重要な位置づけとなる博士号を持つにもかかわらず、オーバードクターなのだとはにかみ笑いと共に自己紹介をした若い青年だったが、口の重いユリアンに対しても実に熱心にひたむきに話してくれた。

伏見の依頼内容を訳しているのだろうが、その一方でとても丁寧にユリアンの意思を確認する。押しつけがましくなく、卑屈でもない、不思議な話し方だった。

独学で学んだというドイツ語は聞き取りやすく、くせが少ない。自分のドイツ語が話に追いつかない時には、ちゃんと断ってから英語を織りまぜてでも話を続けてくる。

英語についてはかなり堪能で、ユリアンの方もそれなりにコミュニケーションは取れる。

ただ、それでも基本的にドイツ語で話そうとしてくれたのは、藤森なりの誠意なのだろう。姿勢としてはポジティブだが、西洋人とは異なる強引さのないアプローチも気に入った。

そして、これまで会ったことのある誰よりも魅力的で、爽やかな笑顔と共に真剣にユリアンの話に耳を傾けてくれた。

その声や表情、話し方などのすべてが残りの日本滞在中、そしてドイツに帰ってきてからもずっと印象に残っていた。

こうも長く、ひとりの人間が自分の頭の中を占め続けるのは、ユリアンにとって初めての経験だった。

ルーデンドルフ家に伝わる古い言い伝えに、ルーデンドルフの血を引く者は、伴侶《はんりょ》と会った時に即座にその相手がわかるというのがある。

ひとたび恋に落ちれば、必ずその相手と添い遂げるという、ずいぶん情熱的なものだ。

日本に大使館員としてやってきていた曾祖父も、そうして周囲の反対を押し切り、極東の国から曾祖母を連れ帰ったのだという。

もっとも、日本がまだまだ未知の国、未開の国とされた当時であっても、伯爵家の令嬢であった曾祖母と、ただの地方貴族、地方豪族的な位置づけであるユンカー出身の曾祖父とでは、曾祖母の方が家柄としては格上だった。

そのため、曾祖母も実家から勘当同然の扱いを受け、単身で曾祖父についてドイツまでやってきたという話だ。

子供の頃はそれをずいぶん情熱的な話だと思うと同時に、自分とは無縁の遠い伝承を聞くようにも思っていた。

ユリアンの両親は、早々に離婚している。ユリアンの物心がついた頃に、母親はユリアンを置いて家を出ていった。それもあって、単なる迷信程度にしか思っていなかった。

だが、実際に藤森に会ってみると、言い伝えが何を指していたのかわかる気がした。

その先を確かめてみたくて、こんな自分にもその先を夢見ることが許されるなら…、とユリアンは再度、藤森に会うためだけに日本に戻ってきた。

この旧蜂ヶ谷伯爵家の屋敷が、夏でも非常に過ごしやすい高原地帯にあったのは、ユリアンにとっては幸いだった。

風は涼しく、昼間でもクーラーが必要なほどには気温は上がらず、しのぎやすい。

ただ、元来、人とのつきあいが不得手な性格ゆえに、単身でこの屋敷に出向いてくれた藤森との距離は、いまだにうまくつめられずにいるが…。

ユリアンが食べ終えたケーキの皿やカップをワゴンの上に戻すと、律儀な藤森はかたわらに置いていた教材を取り上げる。

『いえ、今日はここまでにしませんか？』

ユリアンはそれを制した。

『あとの一時間は？』

『あなたは少し身体を休めた方がいい。まだ、教授とも連絡が取れないんでしょう？』

『あれは…』

藤森ははにかんだような表情を見せ、気まずそうに頭をかいた。

自分が教授と連絡を取れないこと、それについてかなり毒づいていたことを、ユリアンが知っていることをバツが悪く思ったらしい。

『あー…、すみません、僕が何か言ったのを聞かれましたか？』

『立ち聞きするつもりはなかったのですが…、それに私はまだ日本語はほとんど理解できませんし…』

『教授がどうやら、ヨーロッパへさっさと行ってしまったらしくて…』

言いかけた藤森は、いえ…、と慌てて訂正する。

『僕がこの屋敷に置いてもらっていることはありがたいのですが、長期で戻らないのならせめてひと言ぐらい、最初に断っておいてくれないものかなと思って…』

自分が滞在していることを不本意だと取られたくはないらしい。ずいぶん繊細なフォローをするのが、好ましい。

『ここにいらっしゃる間にレポートを仕上げるんでしょう？　授業はまた明日に』

今日の残りの時間は、自分のレポート作成に当ててくれと言うと、藤森は嬉しそうな笑顔を見せた。そして、建て増しを重ね、すでに正確な間取り図の残っていない屋敷の図面をおおまかに下書きしたものを見せてくれる。

専門なだけに、ずいぶん嬉しそうだ。

ユリアンも欧風ながらどこか東洋風でもあるこの屋敷の趣《おもむき》は嫌いではないが、藤森にとっては宝箱のようなものだと言う。場合によっては、自分のレポートが初めての調査となるかもしれないと、ずいぶん頬を染めて嬉しそうな顔を見せていた。

『では、どうか今日はそれをまとめて下さい。今晩のディナーは、塩漬け豚を使ったポトフだそうです』

さっき、フラウ・ゲスナーが伝えてきたフォルストの得意メニューを教えてやると、寝る前には温かいものを食べたいと言っていた藤森は嬉しそうな顔を見せる。

見た目は地味だが、フォルストがオリジナルでスパイスを調合して漬け込んだ塩漬け豚は絶品で、滋味《じみ》もある。

『また、ディナーの時間に』

ユリアンはワゴンを押し、廊下に出る。

臙脂色の絨毯の上をワゴンを押してゆくと、足許に灰色の毛並みを持つ猫がまとわりついてくる。

『ワガハイ』

ユリアンは身をかがめ、猫の小さな頭から顎下にかけてを撫でた。

『もうずいぶん、腫れが引いたようだよ。明日には安静を解いてもいいかもしれない』

灰色の牡猫は、ただ青い瞳を細めて見せた。

Ⅳ

その日も空の澄んだ、いい朝だった。

七時過ぎに起き出した藤森は、白のタイルが貼られた明るい洗面所で顔を洗っていた。

マホガニーと象牙《ぞうげ》をふんだんに用いた、見事な細工の洗面所だ。今日びの高級ホテルでもかなわないだろう贅沢な空間に、いい朝だと藤森は清潔なタオルに顔を埋《うず》めながら悦に入る。

どうやら藤森がユリアンに日本語を教えている間、フラウ・ゲスナーが掃除に入ってくれているらしく、シーツやタオルばかりでなく、常に水回りもピカピカだった。絨毯の上に髪の毛一本、そして窓枠に埃《ほこり》ひとつ落ちていたためしがない。

フラウ・ゲスナーは細いのにいつも悠々と家を歩いていて迫力があるが、仕事は完璧だ。淹《い》れてくれるコーヒーは香り高いし、お手製のクッキーやケーキも美味だ。

この間、ユリアンに聞いたが、料理は料理人のフォルストの管轄だが、お茶の時のちょっとしたスイーツはフラウ・ゲスナーの手によるものらしい。

掃除、洗濯ばかりでなく、あんなお茶菓子まで作れるなんて…、と藤森は最近ではフラウ・ゲスナーに敬意を払っている。

前に洗濯室を見せてもらえないかと頼み、けんもほろろに断られてしまったが、仕事と自分のテリトリーに厳しいだけで、悪い人ではないと思っている。

機嫌のよさそうな機会を見て、もう一度頼んでみるつもりだ。

仮にフラウ・ゲスナーに機嫌のいい時があれば…、という話だが…。

藤森がそんなことを考えながらタオルをかたわらへ置いた時、コトコトコトッ…、と洗面台の上の陶製のソープトレイが揺れた。

何だろうと顔を上げ、音を立てたソープトレイを眺めた瞬間、いきなりガタガタガタッと部屋全体が左右に揺れだす。

地震か…、と思った瞬間、ウォ――――ッ…、という吠《ほ》え声とも叫びともつかない、不思議な音が屋敷中に響いた。

悲鳴とは違う。

何かボイラーでもいかれた音かと、とっさに洗面台につかまった藤森は音が聞こえた屋敷の奥を振り返った。地震の揺れよりもむしろ、音の方に驚く。古い屋敷なので、揺れによっては設備の破損などもあるかもしれない。

依然、ぐらぐらぐらっ…と部屋全体が揺れていたが、それ以上揺れは大きくなることもなく、一分ほどで地震は収まった。

久しぶりに揺れたな、震度四ぐらいか…と呟きながら、藤森は着替えて食堂へと向かう。揺れは長かったが、震度五まではいっていないような気がする。

テレビがなく、携帯もワンセグもつながらない旧態依然とした屋敷なので、すぐに地震情報が確認できないのは不便だ。

別に確認して何があるというわけではないが、なんとなく確認しておきたいのは人間心理というものだろう。ついでに定番とはいえ、この後の余震に気をつけろだの、震源地はどこだのといったアナウンスも、自分の安心のために聞いておきたい。

こういう時にはどこかに電話でもかけて、震度を教えて下さいと言えば聞けるものなのかな…、と藤森は首をひねる。

『おはようございます、フラウ・ゲスナー』

すでに朝食準備の整えられた食堂で八人掛けの大きなテーブルに着きながら、藤森はワゴンを押して入ってきた夫人に声をかけた。

『ちょっと大きめの地震でしたけど、大丈夫でしたか？』

『ずいぶん揺れましたね、ドイツではこんなことは滅多にないのですが』

珍しく言葉を続け、フラウ・ゲスナーはいつものように手際よくコーヒーを注いでくれる。

『日本じゃ、ちょこちょこ、このレベルの地震はあるんですけど』

それには夫人は答えず、小さく首を横に振っただけだった。

とんでもないとか、納得できないというような意味だろうか。

確かに地震のない国の人間から見ればそういうものだろうが…、と藤森は苦笑する。

ならば、意外に見た目よりも繊細なところのあるユリアンもさぞかし驚いたことだろう。

フラウ・ゲスナーがいつものように半熟の卵と幾種類ものパン、ハムやソーセージ、チーズのたっぷりと盛られた皿を置いてゆく。それにバターとジャムと蜂蜜、コーヒー以外にもコップになみなみと注がれた絞りたてのジュースと、あいかわらず豪勢な朝食だ。

しばらく待ってみたが、少しユリアンが遅れているようなので、藤森はいただきます、と手を合わせて先に食事をはじめた。

食事を半ばまで進めたところで、ようやくユリアンが入ってくる。

「おはようございます」

挨拶だけは日本語で声をかける藤森は、今日もいつものように挨拶した。

『さっきの地震、ちょっと大きかったですね。大丈夫でした…』

言いかけた藤森は、テーブルをまわりこみ、向かいの席の椅子を引いた若い男にそのあとの言葉を失う。

ちょっとびっくりするぐらいに端整な顔立ちの男だ。歳は三十五前後だろうか。ゆるくウェーブのあるダークブロンドで、まるでモデルか俳優並みのルックスだ。そして、スタイルも均整が取れている。

しばらく次の言葉が出てこないまま、藤森は男をまじまじと見る。

ありきたりのサマーシャツにデニムという格好が、こうまで様になっている男を見たことがない。

いや、本当のところはユリアンも似たような体格なのだろうが、普段は髭のせいで必要以上に顔が大きく見え、そうバランスよく見えないのだと思う。

誰だ、これは…、と藤森は忙しく頭を巡らせた。

蜂蜜色の髪と全体的な雰囲気はユリアンに似ているところを見ると、親戚筋《しんせきすじ》なのかもしれない。親族については何も聞いていないが、ルーデンドルフ家は何もユリアンひとりでもあるまい。

『これは失礼しました、すみません、お客様だと伺ってなくて…』

慌てて背筋を正して立ち上がると、男は困ったような表情を見せる。

『私です…、ユリアンです』

「はい？」

男は目を伏せて顎まわりを撫でた。

『あの…、さっき揺れに驚いて、髭の一部を剃《そ》り落としてしまって…』

「あ、あの時の吠え声…っていうか、叫び声…」

思わず素の日本語に戻り、藤森は不躾にもユリアンを指差してしまう。

あれはどうやら、そうは聞こえなかったが、ユリアンなりの悲鳴だったらしい。

地震に驚いたのか、うっかり髭を剃り落としてしまったことを嘆いたのかはわからないが、ボイラーの故障ではなかったようだ。

「…っていうか、なんでそんなに男前なんですか?」

相手が首をかしげるのを見て、慌てて同じ内容をドイツ語で言い直す。

『どうしてそんなに、格好いいんですか?』

『この頬のあたりをざっくり落としてしまったので…』

ユリアンは整った顔をかすかに歪《ゆが》め、左頬のあたりを押さえた。確かに髭を剃っている時なら、揺れは怖かろう。

地震を経験したことのない国の人間なら、なおさらだ。前に東京の居酒屋にいた時、震度四程度の地震で「最後の審判」を迎えたかのようにジーザス、ジーザスと叫びまくっていた外国人を見たが、あんなものだろうか。

正直なところ、藤森にとってはあの大声と表情、リアクションの方が、地震よりはるかに怖かった。

『パウルがみっともないので剃った方がいいと…』

「ああ…」

態度のすこぶる悪い、気に入らない男だが、そのアドバイスは間違ってはいないだろう。

『でも、せめてなんとか口髭だけでも残すべきだったと思って…』

口髭としてあまりバランスよく整えられず、結局、すべて剃り落としてしまうことになったと、ユリアンはボソボソとあいかわらず聞き取りにくい声で話す。

『いや、その方が断然カッコいいですよ！ これからずっとそれで通すべきです。そのお貴族様仕様のノーブルな容姿に、コロッといかない人間がいますか？ 何より、十歳は若く見えます』

藤森の言葉に男は額に手をあてがい、整った顔をうっすらと染める。

ここまで端整な容貌だと、そうしてはにかむ様子すら、ちょっと跪《ひざまず》きたくなるほどの気高さがあった。この容姿ならお世辞や冗談抜きで、一流ブランドなどのポスターや雑誌広告などで見かける、男性トップモデルにも引けを取らない。

額は高く、鼻筋はまっすぐに高く通っている。彫りこんだような眼窩《がんか》のあたりは、まるで彫刻か何かのような完璧なラインだった。目許ははっきりとしているが欧米人には珍しく切れ長で、目尻はすっと上がっている。この目許には、わずかに日本の血が残っているのだろうかとも思う。

口許も、刻みこんだようにくっきりとしている。しかも、めりはりの利いた顔立ちと違って、口許の印象はやわらかい。これまでは唇の輪郭ばかりでなく、顔の輪郭も髭のせいでろくにわからなかったのだと、今になって知る。

生まれてこの方、男の容貌をどうこう思ったことはなかったが、これだけ桁違いに美しいと妙に肩入れしたくなる。

何というのか、とにかく王子様だ、お貴族様だ。

後ろにいつものようにラフに流した髪はダークブロンド、これは下手に煌々《きらきら》したブロンドよりも、落ち着いた色味でこの容姿に似合っている。

そして瞳はグレーだが、やはり明るい朝の食堂では銀色に見えた。光の当たり方によって、どうも銀色に光って見えるらしい。

王子様というには少し薹《とう》が立っているし、知的で物憂げな雰囲気もある。身長のある分、とにかく縦に嵩《かさ》も張るが、貴公子という風格は十分にある。

そうだ、貴公子というんだと、藤森はポンとひとつ手を打った。

童話の中の悩める貴公子というのは、こういう生き物だったのかと藤森はつくづく感心しながらユリアンを眺めた。

子供の頃に読んだ童話では、王子様というのは理解できても、貴公子というのは今ひとつピンとこなかった。だが、間違いなくこんな雰囲気なのだろうと、実物を目の前にした今になって合点がいく。

『ぜひとも、今後はその路線で攻めるべきですよ！』

何を攻めるのかはとにかくとして、藤森は握り拳《こぶし》片手に熱弁をふるう。

そもそも、女顔とまではないが、若干線の細い藤森にとっては羨《うらや》ましいような容姿だ。

身長は一七五センチと、可もなく不可もない中背で、オーバードクターという中途半端な存在なせいか、最近になっても院生程度に見られる。下手をすれば学生扱いだ。

それだけ、地に足の着いた年相応の落ち着きがないのかもしれないが…。

確かに二十七歳といえば、普通に企業に就職していれば、入社五年目あたりでそこそこ企業内でも若手主力層に食い込んでくる年齢だった。非常勤枠の講師の給与だけでは食べることができず、塾講師や家庭教師のバイトをして食いつないでいるような藤森とは、負っている責任なども違うだろう。

おかげで藤森は顔立ちこそ悪くないものの、同世代の女子には今ひとつ受けが悪い。

藤森君って顔も悪くないしさ、性格も嫌いじゃないけど、経済力もなくって将来の確固たるあてもないのがすごいネック、関わりあうだけ時間の無駄だもんねー、などと訳知り顔で情け容赦なく言われたこともある。

塾などで担当クラスの女子高校生にラブレターやチョコレートなどをもらったことはあるので、もてないわけではないのだろうが、残念ながら藤森は年下の未成年枠には興味がない。興味がない上に、うっかり手出ししようものなら、こっちがえらい目に遭う危険な年齢でもある。

半年ほど前につきあっていた彼女には、明らかに藤森よりも容姿レベルは下、でも金回りははるかにいい開業医の男に乗り換えられた。

つきあっている以上はそれなりに大事にしていたつもりだったが、女とはそこまでわかりやすく財力を天秤《てんびん》に掛けるものなのかとしばらくは落ち込んだ。

以来、女性には縁がない。

縁がないが、職もない自分が悪いのかと、今は若干やさぐれモードだった。

好きで選んだ道だが、学者というのは特許の取れる理数系でもない限り、だいたい清貧だ。

清貧といえば言葉はいいが、ぶっちゃけ常に懐《ふところ》が寒いという意味でもあるので、そんな男と添い遂げたいなどという奇特な相手はそうそう簡単には現れない。しかも、始終、研究のためと言ってはあちらこちらに長期滞在で飛んでゆく。

ユリアンを見れば、いったい何を不自由することがあるのかと、逆に首をひねりたくなる。

この容姿で、非常な資産家だ。しかも、地方貴族の血を引くという。

これでダメなら、藤森には永遠に幸せは訪れてこない気さえする。

なので、ぜひ藤森の自信再構築ためにも幸せになってほしい。

『…そういうものですか？』

はにかんだようにその大きな手で顔の下半分を隠していたユリアンは、困惑した様子ながらも笑顔を見せた。

そんな笑顔に、うっかり藤森の方がときめいてしまう。

美は偉大だ。

男であろうとも、こんな貴公子然とした相手だと、くらりとくる。

『ケンジがそう言うのなら、しばらく髭はのばさずにおこうかな』

『いや、むしろのばしちゃダメでしょ！　絶対にそのままでいきましょうよ！』

どこへいくのかわからないが、そして人嫌い、街嫌いなので、どこにもいく予定はないかもしれないが、とにかくこの美貌を隠すべきではない。

むしろ、有効活用すべきだ。

ユリアンを偏屈の変わり者だと呼んだ代理人の日本人弁護士も、この容姿だけで十分高収入になりそうな美貌を見ればせめて表現は変えるだろう。

見た目は非常に貴公子然とした端整な顔立ち、あるいは男性トップモデルとしても十分に通用するほどの容姿だが、中身はとても繊細でシャイな物静かな人ですよ、ぐらいは言うのではないだろうか。

少なくとも、自分ならそう言う。

ユリアンの繊細な内面を少しは知っているからこそ、必ずそう伝えなければならないと思う。

このルックスで、人見知りの人嫌いというのは若干珍獣めいているが、だからこそ理解してほしい。

『ケンジは髭のない方が好きなのかな?』

『というより、絶対にあなたにはない方が似合っていますよ』

『そうかな…』

ユリアンは照れたように呟くと、テーブルをまわりこんできて藤森に手を差し伸べた。

『ありがとう、とても励みになる。それに嬉しい』

『いえ、どういたしまして』

これはどうも感謝の握手らしいと、今は高貴そうにさえ見える大きな両手にがっちりと手を握られ

た藤森は笑顔で応じる。

「ケガのコーミョー…ですね？」

「ああ、怪我の功名《こうみょう》…確かに」

微妙なイントネーションのためにすぐにはわからなかったが、これまたえらく複雑な日本語を覚えているものだと藤森は頷く。

もしかして、漢字マニアとかなのだろうか。外国人には単に格好良く見えてクールだからという理由で、漢字をやたらめったらに好く愛好家もいるらしい。

『そうか、ならよかった。さっきはとても悲劇的な気分になったが、ケンジが気に入ってくれたというのなら嬉しい』

そう言うと、ユリアンは子供のように笑ってキュッと藤森の肩を抱いてくる。

人見知りでシャイだとばかり思っていた男の予想外のスキンシップに藤森は驚いたが、抱きしめられるととてもいい香りがして、すぐにそれを忘れた。

鼻先に香るうっとりするような匂いをユリアンの腕の中で再度胸奥深く吸い込みながら、藤森は何の香りなのだろうと首をひねった。

トワレや香水というには、もっとナチュラルな香りだ。石鹸《せっけん》の香りとしてはややスパイシーだが、湿った甘いような香りで、まったく記憶にはない香りだった。

麝香《ムスク》ってこういうのかなと思いかけ、今やムスクはほとんどの香水に使われているという話を思い出す。ならば、記憶のどこかに引っかかっているだろうはずだ。おそらく、没薬《ミルラ》や乳香《フランキンセンス》なども、いずれかで嗅いでいるはずなので違う。

ただ、ちょっとよろめきそうになるぐらい、陶然となる香りだった。

『さぁ、いただきましょう、朝食を』

ユリアンはいそいそとした様子で動きで自分の席に着く。

何というのか、髭がなければ動きや仕種もここまで若々しく見えるものなのかと、藤森は目を丸くした。

『朝からとんでもない地震があって、そのために髭を失ってしまって…、とてもナーバスになっていましたが、今は気分がいい』

ユリアンは楽しげにカトラリーを手に取る。

心なしか、口数も多い。

『よければ朝食後、ちょっと周囲を散策しませんか？　薔薇《ばら》の様子も見てやりたいし、葡萄《ぶどう》ももしかしたら膨《ふく》らんでいるかもしれませんよ』

ユリアンはパンにたっぷりとバターを塗りつけながら、にこやかに誘ってきた。

失礼ながら、これまでは単なる髭男のぶらり庭散歩かと思っていたが、こんな貴公子が庭を巡るというのなら、また話も違う。散策という言葉すらハマる。夏の朝、林の小径を通って薔薇の様子を見に行くなどという酔狂が、こんなに様になる人間は見たことがない。

『じゃあ、お供します』

こっそりユリアンのルックスのシンパとなった藤森は、請け合った。

うまく理由は説明できないが、これだけ魅力的な人間とはもっと長い時間を共に過ごしたいような気がした。

ここしばらくひとつ屋根の下で暮らして、ユリアンの繊細なやさしさにはずいぶん好感を抱いていたし、友情に近い感覚も生まれていた。少しナーバスで気難しいようなところもあるが、それは繊細さの裏返しでもあるのかと思う。

だが今はそれ以上にもっと強烈な魅力、抗いがたいような引力を感じる。

ユリアンが自分が考えていた以上に若く、実際にはさほど歳も離れていないと知ったためだろうか。

四十歳以上だとばかり思っていた昨日までとは違い、年齢的な親近感というのは相当に違う。

これまではそれなりに気を遣って、二十歳近く歳の離れた相手でも通じるような話題を探していたが、せいぜい七、八歳程度の差なら、そこまで無理して話題を探さなければならないということもないだろう。

若々しい容姿や物腰に、いっきに親しみも湧く。

それに、こんなにお貴族様風で端整な容姿の人間は、生まれてこの方見たことがなかった。

最近の海外の下手な映画俳優などよりも、よほど正統派で王道な美形だと思う。

もちろん、日本の国内においてもだ。これだけでもずいぶん、嬉しい。

こういう人種もいるのだと、昨日までのむくつけき髭はいったい何だったのだと思いながら、藤森はフラウ・ゲスナーが新しく淹れ直してくれたコーヒーを口に運んだ。

V

明け方近く、空が少し白みはじめた頃、藤森はふと目を覚ました。

珍しく少し蒸している。そのせいで、うっすらと汗をかいていた。

夏でも夜から明け方にかけてはけっこう冷えこむため、普段は窓を閉めて寝ているが、今朝は部屋の空気を入れ替えたくて窓を開けた。

しかし、外の空気も微妙に湿っている。雨が近いのかもしれなかった。

いくらか涼しい風でも吹かないものかと、藤森は寝間着がわりのTシャツの胸許を浮かしながら、しばらく待つ。

これまで見たことのなかった早朝の庭は、うっすらと靄《もや》がかかり、まだ全体が薄青いトーンの中に沈んでいた。

西洋風の庭園の造りもあり、ちょっと日本には見えないような幻想的な眺《なが》めだ。

この屋敷はこういう早朝の景色も悪くないんだな…、と藤森はしばらくぼんやりとその庭の様子を見ていた。

ふと、その庭先をざっと走ってゆくものがいる。

やや白っぽい影だった。

ただ、犬や狐《きつね》というにはあまりに大きく重量感がある。藤森はその影を目で追う。

しかし、猪《いのしし》というにはかなり躍動感《やくどうかん》のあるなめらかな走りだ。

狼《おおかみ》…？

とっさにそう思った。

それくらい大きく、スピードと動きのある走りで、白い影は庭先をかすめるように駆け抜けていった。

ユリアンに教えてやらなきゃ…、半ば寝ぼけた頭で藤森は思った。

狼じゃないかとは思ったが、不思議と怖くはなかった。

ただ、綺麗で生命力に溢《あふ》れた強そうな生き物だと思ったので、今朝、庭先を走っていったのだと教えてやらなきゃ…、そう思った。

見た目以上にロマンチストなので、喜ぶかもしれない。

以前、ドイツの森では家畜を襲う害獣として狼や熊、大山猫などが懸賞付きで狩られ、百年ほど前にほぼ絶滅してしまったのだと聞いたことがある。

なので、あれだけ森が多く、赤ずきんや狼と七匹の子ヤギなどといった狼の出てくる童話の発祥ともいわれる国なのに、今では狼を見ることはできないらしい。

祖国を遠く離れた日本の国で、自分の屋敷のまわりの森に狼がいると知れば、やっぱり少しは嬉しいんじゃないだろうかと、半ば眠気にとらわれながらつらつら考える。

その後、あたりは少しずつ明るくなりはじめたが、逆に靄は徐々に濃くなってくる。

朝霧《あさぎり》にも近い濃い靄は、窓からも少しずつ部屋に入り込んでくる。

部屋の中が白っぽい靄でいっぱいになるのもどうかと思い、結局、藤森はベッドのかたわらの窓を閉め直すと、もう一度枕に頭を埋めた。


『狼？　早朝に…？』

朝食時、藤森にその話を聞いたユリアンは、喜ぶというよりも驚いたような顔を見せた。

『ええ、多分』

今日もほどよく仕上がった半熟卵にスプーンを入れながら、藤森は頷いた。

『日本にも昔、ニホンオオカミっていう種の狼がいたんですよ。薄明薄暮性《はくめいはくぼせい》っていってね、主に明け方や夕暮れ時ぐらいの薄暗い時刻に動いて狩りをする習性がある種だっていわれてます。ヤマイヌとも呼ばれたりして、一般的なハイイロオオカミに比べるとそこまで大型の狼じゃなかったらしいですけど』

中型犬ぐらいだったらしい、と藤森は手で大きさを示してみせる。

『ニホンオオカミは明治《めいじ》の頃に絶滅したって言われてるけど、まだ日本のあちこちで、目撃情報があります。北海道にはエゾオオカミっていう、ハイイロオオカミの亜種っていわれるもう少し大型の狼がいたっていうし』

『ずいぶん詳しいんだ？』

ユリアンは興味を持ったようで、食事をしていた手を止め、ナイフを持つ手を顎にあてがって尋ねる。

『北海道開拓時代の建物を調べにいった時に、現地で狼の話を聞いたんです。それから興味があって、ちょっと調べて。これは別に俺の研究とはまったく関係ないんですけど』

なるほど、と頷いたユリアンは、少し面白い質問をした。

『また、会いたい？』

『今朝の狼に？』

自分のドイツ語の聞き取りが間違っているのかと、藤森は尋ね返す。

『そう、また会いたいのかなと思って』

『会いたいっていう表現になるのかな…、でも、また見てみたいですよ。ユリアンは見てみたくないですか？』

ユリアンは窓の外へと視線を転じ、少し考える様子を見せる。

『どうかな？　凶暴かも』

『凶暴で狡《ずる》いっていうのは、人間の方で勝手に作ってきたイメージで、本当の狼は利口でけっこう臆《おく》病《びょう》だって言いますよ』

『君は狼の代弁者みたいだ』

ちょっとからかうように、それでもどこか楽しそうにユリアンは笑って見せる。

『中世ヨーロッパではね、キリスト教が土着信仰を排除し、よりキリスト教を広めるために人狼《じんろう》伝説を利用したって言われてるよ』

『人…伝説？』

最初、ユリアンの口にした単語がうまく理解できず、藤森は首をひねった。

『ごめんなさい、何？』

屋敷内ではいつも持ち歩いている電子辞書を取り出し、直接に入力してもらう。

そして、ユリアンが綴《つづ》ったＷｅｒｗｏｌｆ《ヴェアヴォルフ》の訳を見て、それが狼男を差す単語だと理解する。

『人狼の伝説…』

そう、と頷くユリアンの瞳が、窓からの光を受けてまた銀色に煌《きら》めく。

『もともと狼は家畜を襲うって、ヨーロッパでは忌《い》み嫌われてるところがあったからね。もっともこれは、人間によって森の獲物が狩り尽くされた結果だとも言われている。餌《えさ》を探した狼が仕方なく里に下りてきて、家畜を襲ったっていう…。まぁ、鶏《にわとり》が先か、卵が先かっていう話になるかもしれないけど』

『ああ、それは日本も同じらしいです』

予想外のユリアンの口数の多さに驚きながらも、藤森は頷く。

『当時は狂犬病や麦角中毒《ばっかく》っていって、精神錯乱や四肢の痙攣《けいれん》や麻痺《まひ》を伴う治療法がほとんどないような病気もあったからね』

『麦…中毒？…』

難しい言いまわしや専門用語となると英語でも自信がないため、藤森は再度ユリアンのかたわらに行って、電子辞書に綴りを打ちこんでもらう。

日本語訳を見てようやく理解できたが、ユリアンのいう麦角中毒は、小麦や大麦、ライ麦といった麦系の穀物に寄生する麦角菌によって発生する中毒症だ。麦角菌によってアルカロイドという毒性のある物質が作られ、死に至るほどの深刻な中毒症状を起こすこともある。

麦系の穀物を主食としていた中世ヨーロッパでは、時々この麦角中毒の流行があったようだ。麦角中毒は時に血管収縮を引き起こして、身体を壊死《えし》させることもあるため、当時は怖ろしい病として畏《い》怖《ふ》されていた。

麦角中毒という名前ではなく、「死《し》の舞踏《ぶとう》」と呼ばれて、倒れて死ぬまで踊り続ける病気として伝わっている例もある。

『とりわけ、ライ麦のパンを好んで食べるドイツでは、麦角中毒になる者は多かった。それを獣人化していると考えたんだろうね。悪魔の化身である狼化は、忌まわしい悪魔の所業と言われた。魔女狩りがまかり通るような時代だからね、キリスト教に逆らう男達は人狼、女達は魔女と呼ばれた。もっとも、この魔女狩りについては、資産家に対する欲や妬《ねた》みなんかの様々な要因があって、一概に狼狩り、悪魔狩りとばかりは言えないんだけど』

おどろおどろしい話の中身よりも、ユリアンがいつになく色々と詳しく話すことの方が、藤森にとっては驚きだった。

普段は口数が少ないが、知識量は多い研究者タイプのようだ。確かに書斎に置かれていた書籍の量を思い出してみても、相当に本を読み込んでいることはわかる。

願わくは、あの大量の本を色々と見せてもらいたい。もともと蜂ヶ谷家にあった書物などもあるだろうが、あれだけの書籍をわざわざヨーロッパから運んだとなると、相当の読書家だ。

髭のある頃から、相当に頭はいい相手だと思っていた。これだけの容姿だとわかった今も、それが軽々しいものに見えないのはこの知性のせいだろう。

『十八世紀頃のフランスで、百人近い人間を襲った「ジェヴォーダンの獣《けもの》」っていう怖ろしい野獣の正体は、大きな狼じゃないかっていう話もある』

『ジェヴォーダンの…、聞いたことはあります』

そう、とユリアンは頷く。

『ヨーロッパでは「切り裂きジャック」並みに有名な連続惨殺事件でね。フランスのみならず、その頃はヨーロッパ全体が恐怖に包まれたらしい。結局、ジェヴォーダンの獣の正体は、いまだにわかってはいないんだけど、当時は狼の仕業だと信じられていた』

『だから、会いたくないんですか？』

藤森はユリアンの顔を覗き込んだ。

ユリアンは困ったように笑う。

『…いや、そんな話も伝わっているよっていうだけ。君は怖くない？』

あまりこの話はユリアンには好ましくなかったのかなと思い、藤森は辞書を手に席に戻る。

それとも、やたらと狼じゃないかとはしゃいだ自分の話の持っていき方がまずかったのだろうか。

大きかったが、とても軽やかで優雅に走る生き物だったので、きっと見ればユリアンも喜ぶのではないかと思ったが…。

『そりゃ、野性の狼なら素人が軽々しく近づくのはまずいでしょうけど…、僕の見間違いで狐やイタチなのかもしれませんし、ちょっと丹波さんに聞いてみますね』

ユリアンは頷くと、食事を続けた。


「狼な」

ほう…、と昼間、庭の端で堆肥《たいひ》をフォーク型の鋤《すき》で混ぜる丹波は、気のない声を返す。

それでもまだ、返事があるだけましなのかもしれない。前は話の途中でも、さっさと行かれてしまうことも多かった。

丹波の家は代々蜂ヶ谷家に仕えた家だという。蜂ヶ谷家なき後も、引き続き丹波を庭師兼管理人として雇用したユリアンには、相応の敬意を払っているようだ。

ユリアンが蜂ヶ谷の血を受け継いでいることも、外国人ながら家を自己流にいじることもなく、淡々と補修の指示を出したという姿勢も気に入ったらしい。

最初は藤森など、完全によそ者扱い、この屋敷を値踏みにやってきた不動産屋のような扱いを受けていた。藤森がユリアンに気に入られ、ちゃんと屋敷の学術的な調査もしているとわかって、ようやく話に応じてくれるようになったほどだ。

「熊はとにかく、狼なんかおらんよ。とうの昔におらんようになって」

「いや、でも、まだ日本のあちこちで目撃情報がありますけど」

藤森の返事を、丹波は小さく鼻で笑って首を横に振る。

「狼なんぞより、野犬や狐の方がまだ信憑性《しんぴょうせい》がある。数年前も、この山の向こうの村の別荘地で、飼い主が東京から連れてきたシェパードが逃げ出したことがあって、この辺まで縄張りにしてたのか、鶏小屋やら何やらが荒らされたって問題になっとった。結局、つかまって保健所送りになったが、あんたが見たのも大方、そんな野犬じゃないかいね」

「はぁ…」

確かにシェパードだったといわれれば、それくらいか、もうひとまわり大きく見えた。

何分、藤森も起き抜けだったし、靄のかかった夜明け時分だったのでそう言い切られると、徐々に自信もなくなってくる。

「…熊って、このあたりにいるんですか？」

「熊はいるよ。年に何度かは熊撃ちのじいさんに、熊が出たって呼び出しがかかるような場所だ。このあたりで山歩きする人間は、たいてい熊よけの鈴を持って歩く。だからあんたも、あんまりこの辺をふらふらひとりで歩いちゃいかんよ。熊は遭った時に背中を見せると追いかけてくるから、遭ってしまった時にはそろそろと後ずさりする。それが大事だ」

「…気をつけます」

けっこう、本気でシャレにならないレベルらしい。

「それ、ユリアンにも教えてやった方がいいと思うんですけど」

堆肥場の柵に手をかけ、藤森は丹波に提案する。

「ここを最初に案内する時に、言ったさね」

「…すみません」

差し出がましいことを言って、と藤森は恐縮する。

「玄関脇の靴用の納戸に、熊よけの鈴が入っとる。あのおばさんが動かしてなければ、まだそこにあるはずだ」

「フラウ・ゲスナーですか？」

「そうだ」

仕事をあまり邪魔されたくないのか、丹波はひととおり堆肥を混ぜ終えると、向こうへ行けとばかりに手を振った。

二章

I

『ユリアン！』

日本庭園を周囲に持つ別棟の数寄屋《すきや》造りの離れからまわりこんできた藤森は、スケッチブックを抱えた男に声をかけた。

ユリアンは弾《はじ》かれたように顔を上げ、笑う。

『スケッチですか？』

ラフな格好でキャンバス生地の画材のつまっているらしきバッグを肩から提げている男に尋ねると、はにかむような笑みが返ってきた。

直接的な返事よりも、ちょっとした表情や視線、笑みなどで応えることの多い男だと、最近になってわかってきた。声が低くくぐもっている上に通らないので、もしかして単に藤森が聞き取れていないだけなのかもしれない。

それでもひとつ屋根の下で暮らすうち、自分ではかなりユリアンの細やかな感情の動きがわかるようになってきたと思う。

基本、口の重い男だが、藤森に向かっては表情や視線で色々な反応を見せているのだとわかる。

もしかして、髭のあった時にもそんな細やかな表情を見せていたのかもしれないが、当初はあまり視線を合わせてくれなかった上に口許も髭で覆われていたので、わからなかった。

でも、手前勝手な感覚かもしれないが、最近ではずいぶん心が通じ合っているようでそれが嬉しい。

一緒にいると、それなりに話も弾むようになってきた。時折、英語も混じるドイツ語で色々と話している。

ユリアンは基本的に口数が少ない分、聞き上手で藤森の話に熱心に耳を傾けてくれる。

これまでつきあった相手や友人らには、『濃すぎる』『建築オタク過ぎる』と敬遠されがちだった建築物に関する話も、かなりひたむきに聞きたがった。

一度など、ケンジの声は初夏の訪れを告げる風のようだねなどと言われたこともある。その例えはあまりに芸術的すぎて今ひとつよくわからなかったが、悪い意味ではないようだった。

なので、最近では日本語について教える間も、もっぱら様々な国の建築物について話していて、あまり授業らしい授業にはなっていない。

一応、気を遣って日本の建築の話を六割ぐらいにしているが、はたしてこれでユリアンのためになっているのかどうかはわからない。

ただ、呑み込みはいい男で、専門の建築知識などを織り込んでもそれなりに理解する。特にヨーロッパの文化や風俗、歴史などにはユリアンの方が詳しいので、たまに藤森の方がフォローをもらったりすることもある。

ユリアンは画才が相当にあるらしく、藤森の説明に合わせ、さらさらと器用にイラストを描いてくれた。

フォローによって風俗や歴史的衣装などの話も入ってくると、今度は俄然《がぜん》藤森の方が楽しくなってしまうので、本当にユリアンはこんな授業なんかでいいのだろうかと思うぐらいだ。

部屋に籠もって書いているのは文章ばかりではないらしく、森の動物や草花、風景画も描いているのだと、最近になって知った。この間は、丸くなったワガハイの絵をさくさくとスケッチブックの隅に描いていた。

主な画材は色鉛筆や水彩絵具らしい。そのせいで、しばらく趣味で絵を描くのだとは気づかなかった。油絵であれば、独特の臭いですぐにわかったと思う。

全体的にどこか寂しげで、寒色を多く用いた絵が多いなというのが、いくつか見せてもらった時の印象だった。

それはどこか、ユリアン自身の印象にも繋がる。もちろん、北ドイツは冬も長いし、どんよりとした気候が多いらしいので、色の好みやとらえ方が寒色のトーンメインとなるのかもしれない。

『ええ、少し裏の山へ上ってみようかと思って』

やや高台になったところから、この屋敷なども一部見下ろせるようになっているのだという。

それはいいことを聞いたと、カメラやノートを手にしていた藤森も一緒になって連れていってもらうことにした。

ユリアンはすでにここに何度か足を運んでいるらしく、迷うことなく林の中の小径を上がってゆく。夜、こんな小径に入られたら、確かに見失ってしまうだろうなというような道だ。

丸太などを階段状に設置した、比較的なだらかな小径は散歩にもうってつけだった。

やがて十分ほど歩いてゆくと、林を切り開いて木のテーブルや椅子を設けてある場所に出た。テーブルも椅子もそれなりに年季が入っていて、ここも丹波がきっちりと手入れをしているようだ。

高台だけに快適で眺めのいい場所で、屋敷の裏手、そして屋敷とは反対側にあるゆるやかな谷間までも見下ろせる。

そこから谷間にかけては枯れ葉がたっぷりと積もっていて、足許は靴が心地よく沈む。

じっと座っていると小鳥の声や葉擦れがあちこちから聞こえ、木々の間の新鮮な空気で身も心もたっぷりと浄化できそうな場所だった。

『そうだ、熊は大丈夫なのかな？』

心地よい風にうっとりと目を伏せていた藤森は、ふと丹波の言葉を思い出して呟いた。

『熊？』

ユリアンは楽しげに笑う。

『いや、丹波さんがここいらは熊が出るから、ちゃんと熊よけの鈴を持って歩けって。玄関脇のあのシューズルームにあるらしいですよ。納戸っていうのかな』

『鈴ねぇ…』

ユリアンは悪戯《いたずら》っぽい目を見せる。

『信じてない？』

『いや、あれは鈴っていうより、ベルだよ。スイスのカウベルに似てる。チロリアン風のリボンもついてる』

『カウベル…って、大きい？』

『いや、このぐらい』

ユリアンは藤森の手を取ると、手のひらよりも少し小さいサイズを丸にして作ってみせた。

仲良くなると、意外にスキンシップの多い男だ。

『つけてもいいけど、あの大きさだとかなりの音がするんじゃないかな？』

藤森の手を取ったままで、男はどう？…、と笑った。

今日は洗いざらしのマドラスチェックのシャツにデニム、履きこんだくるぶし丈の革のブーツというアウトドアなスタイルだが、こんな林の中だとそれもずいぶん様になる。

『じゃあ、昼間はいいかな。丹波さんによると、熊に遭ってしまったら目を逸らさずにゆっくりと後ずさりして逃げるらしいよ。大事だから覚えておいて』

『了解、後ずさりね』

にこにこと微笑む男は楽しげに藤森の手をゆるく握って揺らす。

いつまでこの手は握られているのかなと不思議だったが、雰囲気がいいので邪険に手を引くのも憚《はばか》られる。あえてこのほのぼのした時間を台無しにしてしまうこともないかと、藤森はユリアンの好きにさせておいた。

そんな些細《ささい》なことなど、この空気の澄んだ気持ちのいい場所ではすぐにどうでもよくなる。

東京ではおそらく信じられないほどにギラギラとしているだろう夏の日射しも、ここでは木々にほどよく遮《さえぎ》られ、木漏れ日となってやわらかく落ちてくる。ハンモックでも吊りたいような素敵な場所だ。

『パウル』

ふっと手を離したユリアンが、藤森の後ろに向かって手を上げる。

振り返ると、パウルが大きなバスケットと魔法瓶を提げてやってくるところだった。

海外の映画などで見かけるような、クラシックな籐《とう》のピクニックバスケットだ。

バスケットの中には、さらにスープの入った小ぶりな魔法瓶とライ麦のパンにハムやチーズ、ピクルスを挟み込んだサンドイッチ、サラダ、フルーツ、焼き菓子などがたっぷり二人分詰められている。

ここでも料理人のフォルストは十分に腕をふるったらしく、ハムやソーセージなども惜しみなく詰められていた。

パウルが手に提げてきた大型の魔法瓶には、これまたコーヒーがたっぷりと入っている。

『すごいな、ちゃんと二人分入ってる！』

見ているだけで涎《よだれ》の出そうなランチに、藤森は弾んだ声を上げてパウルを見た。

『彼女にヘル・フジモリの分も持っていけと言われたので』

パウルはいつもの仏頂面で答える。藤森の分まで一緒に用意されているのは、フラウ・ゲスナーの差し金らしい。

ランチについては何も断ることなくユリアンについてきたのに、そこまで気をまわしてくれて助かる。

『バスケットは持って帰るから、給仕はいい』

バスケットの中身をテーブルの上に並べるパウルに、ユリアンは断る。

パウルは頷くと、仕事から解放されたせいか、この爽やかな天候のせいか、どこかいそいそと見える足取りで坂道を下ってゆく。

ユリアンはそんなパウルを見越しているらしく、面白そうにその後ろ姿を見送った。その視線に親しみを感じ、不作法だとばかり思っていた男と意外に仲がいいのかと不思議になる。

パウルは今になっても藤森とはソリが合わないし、主人であるユリアンに対してもあまり丁寧に接しているようにも見えなかったので、出来の悪い使用人程度にしか考えていなかった。

『パウルは勤めて長いの？』

ユリアンは頷きながら、コーヒーをマグカップに注いでくれた。

『子供の頃から知ってるよ』

『そんなに昔からなんだ。幼馴染《おさなじ》み…とか？』

なるほど、逆に幼馴染みならあのぞんざいな態度もわかるかもしれないと、藤森もオイルペーパーでラッピングされたサンドイッチを皿に並べ、スープをカップに注ぐ。

『まぁ、そんなものかな。フラウ・ゲスナーも私の子供の頃からいるしね』

フラウ・ゲスナーなら、確かにユリアンの生まれる前からいても不思議はないと納得出来る。

「じゃあ…、イタダキマス」

ユリアンは食事の用意を調えると、にっこり笑って手を合わせた。藤森も笑顔でいただきますと、手を合わせる。

蜂ヶ谷邸は洋館が主だが、やはり日本人家族が寝起きしていただけあって、内部の造りが日本人向けになっている。その中にユリアンがいると、古い洋館ホテルに滞在している外国人という印象がどこかにあった。

しかし、こんな森の中で完全にドイツの料理人が用意したランチを前にしていると、逆に藤森の方がドイツの森へ迷い込んだような気になってくる。

教授に強引に滞在を決められてしまい、いまだに連絡も取れず、ユリアンに引き留められるまま、屋敷に図々しく居座らせてもらっている。

だが、こんな涼しい場所で美味しい食事をしながらのんびりできるのなら、この生活は本当に悪くないと、藤森はサンドイッチやサラダを口に運ぶ。

ふと気がつくと、さらさらとユリアンが鉛筆をすべらせている。

何の気なしにひょいと覗き込むと、自分の横顔だった。

『ケンジを…』

ユリアンは藤森を指差し、微笑む。

「へぇ、俺…」

確かに自分だろうなと思う輪郭だ。ざっくりとした鉛筆の素描だが、口許に笑みを浮かべているあたり、ずいぶん細かく描写されている。そして、素描としては秀逸だ。

しかし、普段は見ない斜《なな》め横からの角度もあって、こんな表情を人には見せているのかと不思議になる。

『三割増しぐらい、格好良く描けてるね』

藤森が言うと、ユリアンは食べかけのサンドイッチを皿に置き、さらにスケッチブックのページを繰った。

また新しく藤森を描き直すつもりらしく、自然にしていてと声をかけられる。

『絵なんか描いてもらったのは初めてだよ。緊張する』

『私も実在する特定の個人を描いてみたいと思ったのは、君が初めてだ』

軽口を叩《たた》くと、ユリアンも軽く返してくる。

『俺を描いて面白い？』

『魅力的だからね』

どこまで本気なのだかわからない言葉の応酬の合間に、ユリアンはさっきよりも丁寧に鉛筆でラインを描いてゆく。

時折、水彩の色鉛筆を織りまぜたりと、描き方はかなり我流に見える。絵の描き方を習ったのかと聞いた時も曖昧《あいまい》に笑われただけなので、おそらく好きなように描いているのだろう。

だが、見た目よりもはるかにタッチも色遣いも繊細だ。

サンドイッチやサラダを適当につまみながら、ユリアンはさらに持参のパレットで巧みに色を乗せてゆく。水も小さなペットボトルで持ち歩いているらしい。

使っているのは水彩かと聞くと、ガッシュ絵具だと頷く。

そろそろ描き終わった頃かと覗き込んでみると、ずいぶん優しい表情の自分がこちらを向いて笑っていて、気恥ずかしくなった。

『それはちょっと、格好良く描きすぎ』

『悪くないのに』

筆をガラス瓶で洗うユリアンに見せてくれと手を差し出すと、けっこうあっさりと渡してくれる。

自分で言うのもなんだが、ずいぶんいいできだった。これまでに見てきたユリアンの絵の中では、色合いもやさしく見える。

『いいな、これ、ほしいよ』

気恥ずかしいけれども、表情が自然で気に入ったと呟くと、ユリアンは頷いて無造作にページを破ってくれる。

『いいの？』

『うん、自分でもよく描けていると思うけれど、また描くよ。君をモデルにして…、かまわない？』

『じゃあ、いい格好するから、あらかじめ言って』

『とびきりの一張羅《いっちょうら》でね』

藤森の軽口にユリアンはあとで渡そう、とスケッチブックを閉じる。

紙一枚を渡すと傷むからという配慮なのだろう。

藤森は二杯目のコーヒーをカップに注ぎながら、しばらく鳥の声に耳を傾ける。

『ここ、素敵だね。ハンモックでも吊って昼寝をしたい気分だ』

『いいね、今度吊るしてみよう』

二人分、とユリアンは指を二本立てたあと、後ろの林を眺めた。

『ここは夜も素敵なんだよ』

『夜…』

藤森はよく晴れた爽やかな夏の空をあおぐ。

『満天の星が見えて…』

ユリアンはうっとりと目を伏せる。

ロマンチストで夢想家らしき顔が、その横顔に覗く。

その表情にうっかり見とれかけ、藤森は慌てて笑った。

『へぇ、見てみたいな』

『じゃあ、今度は夜の散歩に誘うよ』

『約束』

藤森が小指を突き出すと、ユリアンは不思議そうな顔を見せた。

『こうして日本では小指同士を絡めて…』

藤森はユリアンの長い小指に自分の小指を絡めて、二度ほど上下に軽く振る。

『約束の証しにする。ユビキリって言うんだけど、おまじないを唱《とな》えることもある。嘘をついたら、針を千本飲ませるよって』

藤森はさらに指切りげんまん、嘘ついたら…、と日本語で唱えてやる。

『怖いな』

ユリアンは言葉ほどにもなく、おどけた表情で楽しそうに目を細めた。

『俺が約束を守れなかった場合は、逆に俺が飲むことになる』

藤森の言葉に納得したのか、かっきり様になったウィンクが送られた。

『ええ、約束。「ユビキリゲンマン」…ね』

熊よけのカウベルつきで…、とさらに指を絡め、ユリアンは満足そうに微笑んだ。

II

ユリアンにペルセウス座流星群を見てみないかと誘われたのは、それから数日経《た》った日のことだった。

ランタンを持って、裏山の高台へと上るのだと言う。

本当は早朝が一番、流星も多いらしいが、一応、夜の十時頃に出てもそれなりに見られるとの話だった。

夏とはいえ、このあたりは日が暮れると長袖でも肌寒い場合があるので、何か上に羽織《はお》れるものを着てきた方がいいとアドバイスされる。

十時前に玄関に行ってみると、すでにブランケットとアウトドア用らしいクッションマットを二人分抱えたユリアンが来ていた。

片方の手にはランタン。ダンガリーシャツの上に薄手のパーカーを着ているが、夜に出歩くことには慣れているのか、それとも森や林を出歩くことに慣れているのか、その格好と用意が妙に様になっている。

『熊よけをしないと』

ユリアンは藤森の想像以上の大きさのカウベルを、楽しげに肩口につけてくれる。

ランタンなんかで山道を上がれるのかなと思ったが、比較的明るいものを用意してくれたらしい。ユリアンが低い位置に提げてくれることもあって、四方に広がるランタン特有の光は懐中電灯よりも足許が見やすかった。

ガラン、ガラン…、とカウベルの音は派手だが、空には雲もほとんどなく、星の輝く涼しくて気持ちのいい夜だった。

この間の高台まで上がると、ユリアンはクッション材の入った厚手のシートを敷き、さらにその上に抱えてきたクッションマットを広げてくれる。

「どうぞ」

ランタンの光源を絞りながら片言で促されてその上に横たわってみると、思っていた以上に満天の星が目に飛び込んでくる。

ユリアンが完全にランタンの火を消してしまうと、まるで星の光を一面に散りばめた幕で空を覆ってあるようにも見えた。見渡す限り、星、星、星…、その中を流れるようにひときわ明るい天の川がある。

「…うわ」

思わず歓声が口をついて出る。

この時期、東京ではとても見られないほどの澄んだ星空だ。ここまで細かな星が全天に散らばっているのを見たのは、はじめてかもしれない。

第一、地面に寝転んで夜空を眺めること自体が、藤森には経験がない。

しばらく言葉を呑んで空を見上げるうち、視界の真ん中をすっと光るものが走った。

「あ…」

流れ星だと声を上げる間もない。かたわらに同じように横たわる男をちらりと見ると、頷きが返った。

『流れ星《シュテルンシュヌッペ》だよ』

こう星が明るいと、月がなくとも隣の人間の輪郭や表情なども見える。そして、あいかわらずユリアンの横顔は魔法のように整っている。

しばらくまた吸い込まれるような夜空に見入っていると、ふっ…、と細いラインが視界を走る。瞬きするほどの間もない。

『また…』

ユリアンが呟いた。

次はいつか…、と目が慣れると眩《まぶ》しすぎるようにも思えてくる星空を見上げていると、ユリアンが低く尋ねてきた。

『寒くない？』

『うん、あ…、でも、このマットは用意してもらって助かった。これがないと、絶対に冷えてるよね』

最初に見た時には大がかりに見えたマットも、何の抵抗もなく地面に横たわれるし、地面の冷えも直に伝わってこないありがたいものだとわかる。足首あたりにじわりとはいよる冷気を思うと、このマットがなければ呑気に横たわってもいられなかったはずだ。

ユリアンがかすかに身を起こすと、お腹の上にふわりと薄手の布が広げられた。

『何？』

『膝掛《ひざか》け。夏の夜は意外に冷えるから』

『ありがたいな、実はお腹のあたりが地味にひんやりしてたんだよね』

本当に山歩き、夜歩きを熟知しているんだなと、藤森は笑った。

ユリアンは片肘をついて身を起こし、また空を仰ぐ。

大柄な体躯でこうしてかたわらに寄り添うように横たわってくれると、ずいぶん安心していられるもんだな…、と藤森はそんなユリアンの顔と夜空を見比べる。

やがて、ユリアンが言葉もなく空を指差した。

何か…と思って見上げると、ちょうどその指差した場所からすっ…、と細い光の線が空をよぎっていく。

『何、今の魔法？』

身を起こしてユリアンに尋ねても、悪戯っぽく笑うばかりだ。

『また、魔法を使えたら使ってみるよ』

『え、偶然なの？　でも、流れたよ？』

『どうかな？』

ユリアンの低いが楽しげな笑い声が、そっと夜気に溶けていった。

『本当に綺麗だった。俺、あんなに流れ星を見たのは初めてかも』

抱えていたブランケットをシューズルームの棚に仮置きし、藤森は声を弾ませる。

『素敵だよね、ここは空気が澄んでいるからとてもよく見えた』

『ドイツで見た時には、そこまで？』

『いや、それなりに見えるけど、私の家のまわりは平地続きで高台というわけじゃないから…』

あれ、と声を上げた藤森の手許をユリアンが覗き込む。

『どうしたの？』

『いや、抜いたと思ったピンが引っかかってて…』

熊よけのベルのピンが思ったように外れない。藤森は照明の下で、引っかかっている箇所をよく見ようとする。

『ああ…』

ユリアンは手にしていたランタンを床に置き、身をかがめて難なく取ってくれた。

とんでもなく美しいが、あいかわらず大きな男だ。顔が小さいので離れて見ている分にはバランスがいいが、そばに行くと身体のあらゆるパーツが藤森より大きい。身長にいたっては、頭ひとつ分ほど違う。

俺だって、日本人の平均よりちょっと高いぐらいなんだけどな…、と藤森は見上げるほどに長身の男を眺める。この男の側にいると、まるで自分が小さいような錯覚に陥《おちい》る。

目が合うと何が嬉しいのか、ユリアンはにっこり笑う。

もともとよく整った顔なのに、そうして笑うと凶悪なまでに魅力が垂れ流しとなる。本当に典雅な顔なんだなぁと、しばらく見とれてしまったあとに藤森もとりあえず苦笑じみた笑顔を返す。

警戒心の強い男なので、ここまで心を開いてくれたことは嬉しい。

時々、ずいぶん寂しげな、孤独を負ったような表情を見せるが、それはもともと代理人に人嫌いといわれるほどに孤独を好むためか、それとも祖国を離れているせいなのか。もっと色々打ち解けてくれれば嬉しい。

だが、ここに来て二週間程度で、そこまで親しい関係になるのは無理なのだろうか。

藤森としては、赤の他人とひとつ屋根の下でこんなに長い期間寝起きしたのは初めての経験なので、自分で考えている以上にユリアンには親しみを感じている。

それでも、ユリアンにまでそれを要求するのは図々しすぎる気もした。

『じゃあ、ユリアンのは俺が取るよ』

声をかけると、ユリアンは頷いて身をかがめた。

頭ひとつ分ほどの差があるので、本当に相当身をかがめてくれないと取れない。

これなら自分で外してもらった方がユリアンも楽だったかなと思いながら、藤森はユリアンの肩口から同じようにチロリアンベルトの着いたカウベルを外した。

二人分のベルを取り上げ、ユリアンはシューズルームの棚へと鈴を戻す。

『少し身体が冷えたね。何か温かいものでも飲む?』

ユリアンはそっと藤森の肩を押して、シューズルームの外へと促しながら尋ねる。

『フラウ・ゲスナーは…?』

『この時間だと、もう寝てるだろうね。時間には正確なんだ』

十一時をまわった腕の時計を示し、ユリアンは悪戯っぽい笑みを見せる。確かにフラウ・ゲスナーは、時間には正確すぎるほど正確な人だ。むしろ、時計が服を着て歩いているようだ。

『だから、私が淹れよう』

『淹れられるんだ?』

道楽で文章や絵を描く根っからのお貴族様で、お茶すら人に頼むタイプだと思っていたと目を見開くと、ユリアンは笑顔で頷く。

『もちろん、それぐらいは。熱いカフェオレにする? ココアやハーブティーもあるよ。寝る前には、カモミールのハーブティーも悪くないけど』

以前、足を挫いた時にも思ったが、お国柄なのか、あまりハーブに抵抗がないようだ。むしろ、かなり精通しているともいえる。日本でいうところの煎《せん》じ薬《ぐすり》や漢方《かんぽう》などを愛用するタイプなのか。

そういうところが見かけと違うのか、それともドイツ人らしい見てくれ通りといったほうがいいのか。

『俺はあまりハーブとかは得意じゃないから、ココアにしてみようかな』

『了解』

任せっきりにするのも悪いので、藤森はユリアンに続き、普段はフラウ・ゲスナーがすべてを管理している小部屋に足を踏み入れる。

昔は女中部屋ともいわれていた四畳程度の部屋だ。ここもフラウ・ゲスナーの許可が下りず、偶然扉が開いていた時にちらりとしか覗いたことがないが、湯沸《ゆわ》かしやコンロ、流しなどがある。

蜂ヶ谷伯爵家の時代は、ここで女中が待機していたらしい。

部屋の中にはお茶や食料品の棚、冷蔵庫、そしてお菓子を焼いているらしきオーブンなどが整然と置かれている。

もちろん、床には塵《ちり》ひとつ落ちていない。小鍋ややかん、コーヒーやジャムなども、誰が見てもわかるような状態できっちりと並べられているのもさすがだ。

ユリアンは見た目に似合わぬ器用さでココアや砂糖を手際よく小鍋に入れると、別に沸かしておいたお湯で軽く溶く。

ドロリとしたココアにさらに冷蔵庫から取りだした牛乳を入れて火を入れ、かなり慣れた手つきでココアを作ってくれた。

ただ、マグカップのようなものはなくて、マイセンの大ぶりなカップになみなみとココアが注がれるのは、贅沢なのかシュールなのかはよくわからない。

『私の書斎でいい？』

トレイを取り出しながら、ユリアンが尋ねる。

書斎でユリアンが色々書き物や読書などをしているようだが、藤森自身は書斎に入るのは初日に挨拶して以来だ。いずれ見せてほしい、あわよくば棚に並んだ大量の書物も見せてほしいと思っていたが、フラウ・ゲスナーのこの小部屋同様、プライベートなスペースだと思って遠慮していた。

ユリアンから進んで誘ってくれるというのなら、願ってもない話だ。

『じゃあ、これだけ洗っておくよ』

これくらいは…、と藤森はきれいに拭《ふ》き上げられて染みひとつないシンクで、小鍋をささっと洗ってしまう。

鍋を水切りに上げて濡《ぬ》れた手をタオルで拭いていると、すぐかたわらからユリアンが覗き込むようにしていた。気がつくと、ずいぶん距離も近くなっている。

『…どうしたの？』

尋ねかけたところに、ふと身をかがめた男が口づけてくる。

最初はふわりと唇の端に、唇を押しあてられた。

え…、と虚《きょ》を突かれて動けずにいると、続いて身体全体を抱きしめられる。そして、そっと唇を合わされる。

『…ユリアン？』

驚いて身を引きかけると、髪を撫でられ、再びやわらかく唇を塞《ふさ》がれた。

あの以前にも香った、甘いような不思議な香りがふわりと鼻腔《びこう》をくすぐる。

この匂い…、香りを意識した瞬間、ふっと酔ったような感覚に陥る。

ぼうっとしている間に、さらに角度を変えて何度か唇が合わされた。

まるで形を確かめるように、やさしく唇が甘噛みされた。でも、大きな男なので腕の中に抱え込まれると、食《は》まれてでもいるような気がする。

藤森がぼんやりとされるがままになっている間も、長い腕はすっぽりと藤森の身体を抱き取り、全身を包み込むようにソフトに撫でてくる。

「…え？」

呆然と目を見開く藤森に、ユリアンはまたひとつ愛しげにキスを落とし、ココアの載ったトレイを手に取った。

『行こうか？』

伸びてきた腕が、軽く自分の手を引く。

これは欧米人特有の親愛表現を超えているよな…と、半ば以上信じられないような思いで藤森は手を引かれるままに歩いた。

頭の一部では軽くパニックになっているものの、身体全体にはどこかにふわふわとしたキスの余韻《よいん》が残っている。

ドイツではあまり親しく話した人間はいなかったし、アメリカ人ほど日本ではメジャーでもないため、親しくなってからの気質はよくわからない。ドイツ人は真面目そうに見えて、性に関してはけっこう変態指向を極めるところがあるとは聞くが、目の当たりにしたことはない。

一番思いあたるところは、もしかしてゲイなのか…というものだったが、面と向かっては非常に聞きにくい。

ゲイだとしても、これだけ綺麗な男なら特に不自由もないだろうに…。

それとも、シャイな性格とは裏腹に、性的にはオープンで奔放《ほんぽう》なタイプなのだろうか。

書斎でユリアンが机の上にトレイを置き、藤森用にあのチェスターフィールドの椅子を用意してくれる間も、頭の中を凄《すさ》まじい勢いでぐるぐると思いが巡る。

『ありがとう』

椅子に腰かけた藤森は、ココアを受け取って礼を言うと、ユリアンはどういたしまして…、と答えながら、驚いたことに藤森の座る椅子の肘掛けに腰を引っかけた。

思わぬ近さに戸惑い、今度は藤森もまじまじと男を見上げる。

『何？』

ユリアンは逆に、どこか色っぽいような表情で尋ねてくる。

『いや、ちょっと混乱して…、さっきの…』

どうして自分が男にキスされるのかわからないとは、やはり面と向かっては言いにくい。

ついでに、どうしてそんなすぐ近い場所に腰かけるのだというのも聞きづらい。

「…えと、そこでいいの？」

思わず日本語で呟いてしまうと、逆にユリアンの方が困ったような顔を見せた。

『前につきあっている相手、ステディな関係の相手はいないと言ったよね？　結婚もしていないと』

『言ったけど…』

確かに日本語での会話を教えている時、自分の自己紹介としてそんなことを話したと頷くと、ユリアンはずいぶん困惑したような顔となる。

『気分を害しただろうか？』

『いや、ちょっと驚いただけで…』

藤森は口ごもる。

気分を害したかと言われると、それは全然違う。むしろ、ふわふわと身体が浮くようで、キスの間もかなりぼうっとしていた。拒否感も嫌悪感もない。

だが、それ以前に男同士だとか、そういうことには引っかからないのかと不思議になる。

それとも、もしかして、すでにこだわらなければならない時を逸してしまっているのか。

『よかった』

男はほっとしたように息をつくと同時に、ずいぶん嬉しそうな顔となった。

これは何としたものかと迷う藤森の手を取ると、軽く手に口づける。

そんな真似など、したこともされたこともない藤森は、ただただ呆然と男を見上げる。

「…いや、ちょっと待って…」

何をされたのかはっきりと意識すると、さっき、キスをされた時よりも恥ずかしくなる。

藤森は顔から火が出そうな思いで、握られた手をなんとか男の手の中から抜き取ろうとする。もう完全に日本語に戻っているのも、意識の外だった。

第一、こんな風に手に口づけられると、次にどんな顔を見せていいのかわからない。もちろん、こんな風に誰かの手にキスしようと思ったこともなければ、自分がこうして手に口づけられる対象にされるなどとは夢にも思ったことがなかった。

『…手にキスされるのは好みじゃない？』

予想以上に強い力で藤森の手を取ったまま、ユリアンは眉《まゆ》を寄せた。

「いや、好みとか、好みじゃないとかそういう問題じゃなくて！」

そんな困った表情を作られても…、と藤森は焦る。自分の方が、ずいぶん心ない真似をしている気がする。

怖ろしいことに男はさらに身をかがめ、藤森の手を取ったまま唇を寄せてきた。

「ちょっと待って、ちょっと待って。いや、待ってて」

藤森はなんとか自分よりも倍以上大柄な男の胸に手をつき、キスだけは阻止した。

互いの息も触れあうような距離で、あの記憶にある甘い香りがふと香る。

またくらりとよろめきそうになって、藤森は思いとどまれ、とかろうじて自分を叱咤《しった》した。

『もう少し待ってほしい…です』

動揺のあまり、ドイツ語の発音が狂っているが、それすらも今はどうでもいい。

普段はろくに視線も合わせなかったくせに、ユリアンはごくごく至近距離で、半ばまで伏せかけた銀色の瞳でじっと藤森の目を覗き込んでくる。

この綺麗な男はちょっと魔性っぽいのだなと、藤森は魅入られるようにその瞳を見つめ返しながら思った。

怖いぐらいに端整な顔立ちだが、喰われそうでどこか怖い。いや、実際に喰われかかっているわけだが、それとは別にどこか夜の魔物めいているようなところがある。

この怖ろしいぐらいの美貌のせいか、それとも雰囲気的なものなのか…。

さらにこんな夜、こんな薄暗くてしっとりとしたムードのある書斎で、こんな映画か童話の中から出てきたような金髪の綺麗な男に迫られては、流されてしまいそうな自分が怖い。

実際、ちょっと流されてもいいかも…、とこっそり胸の奥で思ったのは内緒だ。

雰囲気的なものが半分と、持ち前の好奇心が半分といったところなのかと、藤森は動揺しまくる自分の中にせめてもの逃げ道を作ってやる。

そうでなければ、これまでの自分の男としてのアイデンティティが崩壊しそうで怖い。

『…いつまで?』

低く尋ねる男の声は、まるで唸り声のようだった。

あれ、ちょっと犬歯が大きい?…、そんなユリアンの口許に目を留めた藤森の頭の片隅をよけいな感想がよぎるのは、すでに思考がこの場から逃避しかけているせいかもしれない。

『せめて一晩…』

本当は一晩と言わず、二晩か三晩、さらにはできることならもっと時間的な余裕がほしいが、この状況では言い出しにくい。下手なことを口にすれば、待ってもらうことすらかないそうにない怖さと迫力がある。

ユリアンはゆったりと首を起こすと、そっと藤森の唇に触れてくる。

愛しげに何度か唇のラインを撫でられ、それは反則ではないのかと思ったが、やさしく唇に触れられる感触があまりに心地よくて、拒否の言葉を出せなかった。

『ココアを…』

冷めてしまうから…、とユリアンはかたわらのトレイから取って手渡してくる。

『どうもありがとう』

おとなしくカップに口をつける間も、肘掛けに腰を下ろしたまま、すぐ側から一挙手一投足を見つめられている。

その見つめられているあたりからじわりと熱を吹き込まれるような気がして、最初は甘いと思ったココアの味もうまくわからなくなった。

この空気の濃密さ、視線の熱さは、日本人にはとてもないものだ。シャイな男だとばかり思っていたが、やっぱりこういったスキンシップや距離感、視線の向け方などは欧米人だと思う。自分にはとても真似できない。

味もわからないままにココアを飲み干し、藤森はそそくさと立ち上がった。

書棚に並ぶ大量の本なども見せてもらいたかったが、さすがにそこまで神経は太くない。すでに事態は、藤森のキャパをとっくに超えている。

『じゃあ、俺はそろそろ部屋に戻ろうかな。ココア、美味しかった。ごちそうさま』

カップをトレイに戻して立ち上がると、ユリアンもカップを置いて立ち上がった。

男はまた身をかがめてくると、尋ねた。

『おやすみのキスをしても？』

「…へ？」

藤森の想像など及びもつかない事態に、もはや何と返事をしたものかもわからない。

そうか、自分は今、恋愛対象として見られているのかと、今さらのように不思議な感慨が湧いてくる。外濠《そとぼり》をガンガン埋められていると思う一方で、ひとあし飛びにキスだとか、そういう関係にいたるのが理解の範疇《はんちゅう》を超えている。

そこにこれからつきあおうだとか、君が好きだとか、そういった意思の確認はないのだろうか。日本人だったらたいていはまずはそこから入るが、自分は何かそんなスキップをすべてすっ飛ばさせるほどに、思わせぶりな態度を取っていたのだろうか。

思考停止しかけた藤森をどう思ったのか、ユリアンは額にそっとキスを落としてくる。

それがまた、その気がなくともぐらりとくるような丁寧なやさしいキスで、照れと気恥ずかしさでぐらぐらになる。

『じゃあ、その…、おやすみなさい』

逃げ切れる気がしないまま、藤森はかろうじて挨拶を口にする。

『おやすみ、いい夢を』

ささやいたユリアンは、藤森が部屋の扉を締めるまで熱を帯びたあのどこか魔物めいた瞳で、じっとこちらを見つめていた。


まだ信じられないような、どこか夢心地で部屋に戻ってきた藤森は、白い琺瑯《ほうろう》の浴槽《よくそう》にたっぷりとお湯を張ってつかりながら、ぼうっと壁のタイルを眺める。

女の子が雰囲気に流されるという、そして女の子といい関係に持ち込むには絶対にムード重視でという男としてのセオリーを身をもって体感した。

怖ろしいことに、あれは絶対的なセオリーだ。怖いぐらいに呑まれてしまいそうになった。あそこで呑まれていれば、今頃は自分は喰われている途中だったのだろうか。

しかし、男同士の恋愛に関する知識不足で喰われている自分が想像できず、思考が途中で融解《ゆうかい》する。第一、夜這《よば》いをかけられれば、この体格差だ。絶対に負ける。あの藤森が押してもびくともしなかった重いチェスターフィールドチェアを軽々持ち上げた膂力は、今も忘れてはいない。上に乗っかられでもしたら、多少暴れたところでかないっこない。

それよりも何だ、あのちょっと抗えないほどに凶悪な魅力…、と藤森はさっきの自分をじっと見下ろしてきたユリアンの表情を思う。

無表情に近いのに、ぞっとするほど官能的で惹きつけられる夜の魔性を思わせた。

ヴァンパイアっぽいんだっけ、それとも牡丹灯籠《ぼたんどうろう》みたいな印象なのだろうか…、と藤森は思考をどんどん逃避させる。ヴァンパイアに牡丹灯籠だと西洋も東洋もごちゃ混ぜだが、どちらにせよこれと思った獲物を取り殺す相手だ。

しかし、お湯の中に浸《つ》かった自分の身体を眺めてみても、わざわざ取り殺さなければならないほどの魅力があるようには思えない。別に無駄肉はついていないが、同性をも虜《とりこ》にするほどのナイスバディではない。

それとも、単にユリアンがアジア嗜好《しこう》なのか。西洋人のアジア人好みというのは聞いたことがあるが、中国人やベトナム、タイ人などが対象なのかと勝手に思っていた。

　基本的に日本女性はワールドワイドに人気だと聞くが、日本人男子が人気というのは聞かない。どちらかというと、押しが弱くて口下手で女性の扱いを知らないなどと、不人気だったのではなかったろうか。ゲイの世界ではどうだか知らないが…。

　藤森自身は顔立ちそのものも悪くはない部類だと思うが、かといって何か格別目を引くほどの美形というわけでもない。あんなスーパー級のモデル顔の男に比べると、てんで比にならない。

　なんだろう…、と藤森はタイルから湯気に霞《かす》んだ天井へと視線を移す。

　世にゲテモノ食いという言葉はあるが、さすがにゲテモノというほどには悪くないつもりだ。

　だが、男に迫られたというのに危機感が薄く、嫌悪感もないのは、自分でも不思議だ。

　むしろ、急展開過ぎて焦るには焦ったが、絶対に嫌だったというわけでもない。キスも一瞬、流されかけたぐらいなので、驚きはしたが嫌ではなかった。

　嫌いでもなく、むしろ好ましい。ここのところはずっと、もっと心を開いてほしいなどと考えていたほどだ。自分では恋愛感情だという感覚がなかっただけで…。

　どうしても自分のこれまでの人並み程度の経験では、相手の女の子にあんな風に迫られたことはなかったので、あのまま流されていればどんなことになっていたのかなとも思う。

　藤森は浴槽の中で天井を見上げたまま、自分の唇に触れてみる。

　どうやってみても、あの時、ユリアンが触れたようにふわりとしたキスを再現できない。ふわりとしたキスのあと、何度か食《は》まれるようなキスもされたが、それもあの口蓋《こうがい》の大きさのせいか、藤森の指の動きではうまく辿れない。

前にぎゅっと抱きしめられた時にも香った甘い匂いがして、一瞬、頭も身体もぼうっと痺《しび》れたように思った。

あの時の感覚を思い出そうとして、ぞわりと腰のあたりに覚えのある張るような感覚が起こるのがわかる。

人の家という遠慮があって、二週間ほど節制していたせいだろう。

そこまで飢えてるわけじゃないとはいえ、枯れてるわけじゃないもんな…、と藤森は眉を寄せる。

顎までお湯につかり、しばらく逡巡《しゅんじゅん》していた藤森はそっと下肢に手を伸ばした。

すでに形を変えはじめているものを握りしめると、どうしても自分よりもはるかに大きいが優雅な印象のあの手を思い出してしまう。

あ、ヤバいかも…、と藤森は浅い息をつく。

下唇を噛んでみても、一度這い寄った想像はそう簡単に頭の中から出てゆかない。

男同士など想像もつかないと思っていたが、ユリアンのあの大きな手がどういう風に自分を愛しむかは見えるような気がした。

他人様《ひとさま》の家で…という躊躇《ちゅうちょ》に、湯面にいくらか視線を迷わせたが、結局、頭の中に生まれた妄念《もうねん》を追い出しきれず、藤森は続けて温かなお湯の中で指を使った。

今日も流れ星を探して空を見上げていた時、ユリアンがすぐかたわらに寄り添うようにしてあの長身を伸ばしていた意味を、もう少し考えてみればよかった。

ドイツの夏の森の様子を話してくれた時、ただ、素敵だと思う前に、ユリアンが何度か髪をすくった意味をもう少し考えてみればよかった。

ケンジの髪は自分が考えていた以上にしなやかだと不思議そうに呟いた意味を、あの時、考えなければならなかったのだと思いながら…。

Ⅲ

「おはよう、よく眠れた?」

翌朝、食堂に入った藤森は、すでに着席していたユリアンに日本語で声をかけられた。

結局、昨日の晩、やましいことにこの男を頭に自分を慰めてしまったこともあり、朝の光の中でこのゴージャスな美貌で迎えられると、結局は何も観念できていないことを思い知る。

「…おはようございます」

どういう顔を作っていいかもわからず、とりあえず挨拶だけを返すと、男は眉を寄せた。

『元気がない…』

ユリアンはこちらが胸が痛くなるような表情を見せると、立ち上がって藤森の前へとやってくる。

『昨日、君の承諾《しょうだく》を得ないままに色々触れてしまって、驚いたんじゃない?』

ユリアンは手を差し伸べてくると、許しを請うように藤森の手を取ってくる。

フラウ・ゲスナーが背後にいるが、まったくおかまいなしらしい。

フラウ・ゲスナーはちらりとこちらを一瞥《いちべつ》したものの、意外に平然としている。

「いや…、うん、少しね…」

朝っぱらから人目をかまいもせずに手を取られることにすでに驚いているが、日本人特有の曖昧な答えを返しかけ、いや、ここは白黒はっきりさせておかねばと思いなおす。ドイツ人は特に、何でも白黒つけるのが好きだ。質問にはまず、Ｊａ《ヤー》かＮｅｉｎ《ナイン》の二者択一で答える。

ただ、のっけからガツンとかますのは、昨晩の自慰によるやましさもあり、どうしても気が引ける。

こういった感情的な部分を説明しようとすると、どうしても込み入ったものとなるし、事を荒立てることも望んでいない。

どう言えば伝わるのだろうかと迷う藤森の背中を押し、ユリアンは藤森の席の椅子を引いて、丁寧に介添えをしてくれる。

本当にこういったあたり、欧米人はスマートな真似をする…が、これはすでにパートナー扱いなのかという疑念も頭をよぎる。

どちらにせよ、昨夜までと違って完全に特別扱いなのは間違いない。

ユリアンはいつものように朝食の用意の調った向かいの席には座らず、藤森の隣の椅子を引いてさっさと腰を下ろしてしまった。

身体は完全にこちらを向いており、あらためて手を取り直される。

目が合うと、少しはにかんだような笑みを向けられる。

『私は日本の文化にはまだあまり詳しくないから、君を戸惑わせたかもしれないね』

文化の差だけではないような気もするが…、と藤森は視線のやり場に困って、取られた手を眺める。

『ケンジ、君は私の恋人になりたい？』

「はい？」

何ですか、そのずいぶん上からなものの言いようは…と、藤森は目を丸くする。

ユリアンはさらに取った藤森の手を、とても大事そうに撫でる。

『大事にするよ、君だけを』

あまりに衝撃的な大上段な質問の後に続くのは、ずいぶん情熱的な言葉だ。くぐもった低い声だが、すぐ側で聞くといつもよりずっと甘くささやくような話し方をしているのがわかる。

「…いや」

交際の申し込みというにはかなり微妙な言いまわしだが、嫌いな相手ではない。

むしろ、昨日、今日とで自分はこの男に限ってはキスをされても、こうして手を取られていても、まったく嫌な気分にならない。

藤森はユリアンの手を逆に握り返してみた。すると、大柄なくせにずいぶん嬉しそうな、はにかんだ子供のような上目遣いの笑みが返ってくる。

『ユリアン、ユリアンは俺の恋人になりたいの？』

そんな笑顔をとても可愛くさえ思ったが、あまりに言われっぱなしは癪《しゃく》なので、同じように尋ねて返してやった。

『もちろん！　君さえよければ』

弾むような返事と共に、強く抱きしめられる。

そのまま身体ごと引き寄せられ、膝の上に乗せられると同時にキスが降ってくる。

「わ…」

驚きはしたものの、次々と嬉しそうなキスを浴びせられると、つい笑ってしまう。

膝の上に乗せられたまま、藤森は少しずつ男のキスに応え始める。こういうくすぐるようなキスを重ねた経験などなくて、軽く小競り合いのようにもなってお互いに笑いを洩らした。

あの甘い香りもどこかうっとりさせられる。

『何、これ、すごくいい香り…』

キスの合間にユリアンの耳の後ろを撫で、高い鼻梁《びりょう》に自分の鼻先をこすり合わせ、藤森は呟いた。

『香り？』

ユリアンは悪戯っぽい目を見せて笑うと、小さく首を横に振り、またさらに食むように唇を重ねてくる。

気がつくと、フラウ・ゲスナーはすでに食堂を出ていた。

確かに、朝っぱらから男同士のいちゃついているところにはとうていつきあっていられないだろうと、藤森は今さらのようにバツの悪い思いとなる。

『私は君にもう一度会いたくて、日本に来たんだ…』

両頬をその大きな手に挟み込まれ、熱を帯びた声でささやかれる。

『そのために…?』

まさか、それだけのために…、と半ば以上信じられない思いで呟く。イタリア男のような甘言は口にしそうにないタイプだが…。

『本当だ、会いに来た』

到底リップサービスとは思えないような笑顔で、相好を崩したユリアンはささやき、長い指を絡めてくる。

『受け入れてもらえて幸せだ』

そこまで他人に惚れ込まれたことはさすがになくて、藤森はまだ半信半疑だ。それでも、熱っぽい声や雰囲気、顔や髪ばかりでなく全身に触れてくる手の動きで、込められた気持ちはわかる。

理性よりも先に、本能的な部分でこの男が嘘をついていないことが理解できる。

『…日本人が好きなの? アジア系とか…』

『いや、君以外はあまり区別はつかない。君とヘル・タンバとの違いはわかるけど』

『それはさすがに、一緒にされても困るんだけど』

『それもそうだ』

そもそも丹波は自分の父親よりもまだ歳上だとぼやく藤森を膝に乗せたユリアンは、妙に嬉しげに頷く。

『でも、ずいぶん自信ありげっていうか、あんな交際の申し込みをされたのははじめてだ』

『自信…？』

ユリアンはきょとんとした表情になる。

『「私の恋人になって下さい」って言わないんだなって。「君は私の恋人になりたい？」…って、大胆だよね』

『私はずいぶん丁重に交際を申し込んだつもりだったけど…？』

困惑したような答えに、自分のドイツ語の理解度の問題かと藤森はしばらく考え込む。

『むしろ、私を主体にして恋人になってほしいと言うとあまりに強引になる。だから、君を主体にしたんだけど…』

やはり理解というか、言いまわしの問題らしい。

ユリアンの話によると、ドイツ語では自分を主語にして尋ねると相手の意思などおかまいなしの押しつけがましい頼みとなるので、相手を主語にして、極めて丁寧に藤森の意思を尊重して尋ねたのだという。

確かに英語でもWould you～という言いまわしは相手にものを頼む時に使うが、恋人になってほしいという時もそうなのかとしばらく感心する。

ドイツ語はおろか、英語で誰かにつきあってほしいと頼むことすら考えたことがなかったので、驚いた。

それに少なくともアメリカなら、恋人になってくれないかなどと尋ねるよりも先に、ダイレクトに『君を愛してる』、あるいは『君が欲しい』と言うんじゃないのか…、と藤森は唸った。

せめてネット環境などあればもう少し色々調べられるのだろうが、これぱかりはどうしようもない。

色々とアナログに手探りしてゆくのも、嫌いではない。

だが、間の抜けたことに、ユリアンこそ俺の恋人になりたいのかと意趣返しで聞いてやったつもりだったが、これでは同じように『どうか、俺の恋人になってくれませんか？』と丁重なお申し込みをしてしまったことになる。

やり込めたつもりだったが、外濠を埋めるどころか、むざむざと自分から濠の上にゴージャスな橋を渡すような、とてつもなく間抜けな事態を招いてしまっている。

まぁ、いいか…、と藤森は苦笑した。

『気に障ったのなら、許してほしい。君を大事にしたいのは本当。君に会いに、この国にやってきたのも本当だから』

ユリアンは藤森の頬や背などに嬉しそうに触れながら、キスの合間にささやく。

知らなかったが、恋人となると過剰なまでにスキンシップの多い男だった。

確かにドイツに行った時、人前で信じられないほどにいちゃつくカップルはどこにでもいて、ここはラテンかよと呆れたものだった。

むしろ、イタリアやスペイン、フランスなどよりも、どこででも人目憚ることなくベタベタとひっついているのを見かけて、ガチガチの堅物だとばかり思っていたドイツ人を見る目が少し変わった。

ここにもユリアンのドイツ人としての血は、遺憾なく発揮されているらしい。

だが、そこまで言われると、藤森の方も悪い気はしない。思い返せば、この屋敷にやってきた時より、ずいぶんとユリアンは会えて嬉しいと言葉や態度で示してくれていた。

もっとも、あの時は四十代の人嫌いの髭男だとばかり思っていたので、君に会いに日本にやってきたと言われていれば、間違いなくどん引きしていただろうが…。

『とりあえず、せっかくフラウ・ゲスナーが用意してくれた朝食が冷めるから、食べない？』

藤森が促すと、ユリアンは向かいの席に置いてあった自分の皿をいそいそと藤森の隣に持ってくる。

そして、当然のようにそこで食事を取り始めた。

食事の間にもフルーツを剝いてくれたり、髪に触れてきたり、盗むようなキスが贈られたりと、ここまで情熱的な男だったのかと呆れるぐらいに世話を焼かれ、スキンシップが取られる。

気恥ずかしい一方で、これまでつきあった女の子にもここまでべったりと濃厚な関係となったことのない藤森には、色々新鮮だった。

ほだされるという感覚にも近いのだろうか。

歳上なのに、ちょっと可愛くもあるんだな…、と藤森は照れ笑いの裏で考えていた。

Ⅳ

『ケンジの説明を聞いて、キョウトやナラに行ってみたいと思っていたけど、この屋敷の中でこんなに立派な庭が眺められるなんてついてるね』

数寄屋造りの離れで、手入れの行き届いた庭園を前に、畳《たたみ》の上に長い脚を投げ出したユリアンはほうじ茶のカップをかたわらに言った。

『この庭はかなりクオリティが高いよ。丹波さんは間違いなく、腕のいい庭師さんだと思う』

藤森もほうじ茶に口をつけながら、満足の息をつく。

ほうじ茶は藤森が荷物の中に放り込んできたティーバッグのものだが、ダンデライオン――タンポポのハーブティーに似た味で、飲みやすいという。

別にコーヒーでもよかったが、せっかく庭への障子を開け放って日本庭園をゆっくり観賞させてくれるというのだから、ほうじ茶がいいのではないかと思って淹れてみた。

夏に熱いほうじ茶というのも、また一興だ。ここは涼しいいし、風もよく通るのでよけいに味わい深い。

茶室に繋がる分、この離れには茶道具などもかなり揃っていて、ひと通りユリアンに説明してみる。

せっかくだから、この茶碗を使ってみたら?…などと言われたが、とんでもなく高価な時代ものだと怖いので、味気はないが母屋から借りてきたカップを使っている。

それでも、フラウ・ゲスナーが貸してくれたカップは金彩《きんだみ》をあしらった時代物のノリタケで、ティーバッグのほうじ茶を淹れる時には、かなり気が引けた。

きっと高いんだろうな…、などとカップを眺める藤森に、ふと身体を寄せてきたユリアンがひょいと頬のあたりにキスをしてくる。

目が合うと嬉しそうににっこり笑われる。本当にひっきりなしにキスやハグが送られて、欧米人とつきあっているんだなぁとつくづく実感させられる。

ここまでくると、ほぼマーキングレベルだ。

ユリアンの繊細さはけっこう日本人一般のシャイさに通じるものがあると思っていたが、シャイであることと情熱的なこととは、また別らしい。家族間でも日常的にキスがあるので、むしろ、愛情を持った相手にはキスを送らないほうが不自然なのかもしれない。

このキスとスキンシップ攻勢にもさすがにちょっと慣れてきたが、あれ以来、ユリアンはほぼぴったりと側にいる。

以前はもっと部屋に引き籠もって色々やっていたが、今はまるで藤森が親鳥であるかのようについてくる。モデル並みにデカくてルックスのいい男だが、ここまで来るとなんだか妙に可愛い。

金だの茶色だのグレーだのが色々入り混じった髪の色のせいか、自分よりも大きなテディベアやワンコがぺたぺたとまとわりついてくるようだ。ほだされた愛しみと可愛さ、それにちょっぴりのうっとうしさも感じる。

ただ、顔形だけは本当に端整だ。

これればかりは同性ながらに見とれるほどだ…と、いつしか目の前の日本庭園よりも横にぴったりと寄り添った男の顔をまじまじと見ていると、ユリアンははにかむように目を細めた。

これだけ顔立ちが整っているのに、こんな繊細な表情を見せるから放っておけない。

そもそも藤森は芸術的に美しいもの、豊かなものが好きだ。建築を専門にしているのも、そこに美がある、魅せられると思っているからだ。専門であっても、建物なら何でもいいというわけではない。

今は建築学というと土木学、工学に類するが、やはりそこには快適な空間、快適な住まいを作りたいという、人間の古くからの欲求によるものがある。

事実、建築物は様々な芸術と密接に関連している。彫刻やステンドグラスなどの装飾、絵画、光源、空気の流れ、時には水琴窟《すいきんくつ》などという音とも緻密に嚙み合い、快適な空間、美しい空間を作り上げてゆくものだと思っている。

だからこそ、この屋敷の床の寄木細工の美しさに目を変え、ステンドグラスでできた欄間《らんま》の優美さに歓声を上げてしまう。

その点でいえば、最初にユリアンの髭を剃った顔を見た時に思った、男相手でもよろめきたくなるという感想は今も健在だ。

本気で自分などが相手でいいのかと、首をひねりたくなる。

『ねぇ、日本は普通、つきあう時には何かセレモニーみたいなものがあるの？』

畳の目をひとつひとつ大きな手でなぞりながら、男は尋ねてくる。畳が珍しいらしい。知識欲は旺《おう》盛《せい》で、今日も詳しく聞かれた。

藤森も日本の文化自体に興味を持ってもらうのは嬉しいので、自分に答えられる限り丁寧に教えている。

『セレモニーっていうか…、自分とつきあってほしい…みたいな申し込みをすることが多いかな。まぁ、ノリでつきあいはじめるっていうのもあるけど、それでもどこかで「恋人だよね」みたいな確認はあるのが普通だと思う。申し込み方法は色々で、古典的な方法だとラブレターとか、あと日本独特の風習だけど、バレンタインには女性から好きな男性にチョコレートを送るっていうのがある。女性側からの告白のチャンスみたいな』

『ドイツじゃ、バレンタインは恋人同士のものだよ。好きな人に気持ちを伝える機会じゃない』

初めて聞いたと、ユリアンは目を丸くする。

『まぁ、それは日本でもバレンタインにチョコを送るって、日本独自のものだっていうのは有名だから、誰もグローバル基準で通用するとは思ってないよ。でも、逆につきあおうよって言わないままにつきあい始めちゃうと、こじれることも多いから、ある程度誠実な男だったら交際を申し込むと思う。

モテる相手だと、ちゃんと意思表明しておかないとまわりに持っていかれたり、自分の意思が伝わらないっていうのもあるしね』

へぇ…、とユリアンは下から藤森の顔を覗き込むようにしてくる。

『普通、ヨーロッパじゃ、あまりつきあうなんて意思確認はしないことの方が多いんだ』

『あー…、何となくこの間からの流れで、そうじゃないかと思ってた』

藤森は頷く。

ユリアンのスキンシップが増えてきたなと思っていたあたりから、あまりに当然のようにキスに持ち込まれた。慎重ではにかみやなこの男にしては、ちょっと考えられないと最初は驚いたが、恋愛価値や文化が日本とヨーロッパでは大きく違うせいもあるようだ。

同性婚が認められてたり、男女間でも結婚しないままに同棲して子供を作っているのが公然と認められていたりと、色々日本とは家族制度が違う。

藤森はごく普通に日本で育っているので、時にそれは相手に対して誠実さを欠くんじゃないかと思わないでもない。ただ、ヨーロッパと日本では家庭観や宗教観などが基本的に違っているので、頭から否定する気もない。

これまでは欧米の人間とつきあうことは考えたこともなかったので、他人事だったというせいもある。

『むしろ、いちいち確認するのは古風で堅苦しくて、今はあまりスマートじゃないように思われてたりする』

『そうなの？　ドイツは知らないけど、ヴィクトリア時代のイギリスって、すごく古風だったのにね』

百五十年ほど前だが、信仰、貞節、道徳観に非常に重きが置かれる時代だった。

それをいえば、日本だって家父長制度が過去のものになりかかってはいるが、それでも完全に廃《すた》れているわけではない。

『確かにそうかもしれないね』

言い返した藤森をどう思ったのか、ユリアンはどこか眩しそうに藤森を眺める。

『でも、君の反応を見てたら、ちゃんと正式に交際を求めた方がいいのかと思って…』

それであの、「私の恋人になりたい？」だったのかと、藤森はつい笑ってしまう。

まぁ、それは頭の中でのとっさの変換の問題で、ユリアンにしてみればとても丁重な「私の恋人になってもらえませんか？」という、申し込みだったのだろう。

面白いものだな…、と藤森は身体を倒し、脚を伸ばしたユリアンの腿《もも》のあたりに頭を預けた。


今日もホロホロ鳥をカリカリのベーコンと共に焼いた、信じられないほどの量の贅沢な夕食が、食堂のテーブルの上に並んだ。

ユリアンに言わせると、フォルストは仕事以外には非常にドライな職人肌だが、料理人としては一級なのだという。確かに作る料理は重めで藤森にとっては量も半端なく多いが、何を取ってもどれもまんべんなく美味しい。

食べ慣れないものまで美味しく感じるので、やはりそのへんは腕がいいのだろう。ライ麦をメインにした毎日焼かれるパンについても、味に深みがあるせいか飽きることもなく、美味しい。

おかげでここに来てから、少しばかり太ったように思う。

食後は、居間でユリアンとしばらくのんびりとくつろぐ。

この屋敷にはテレビがないせいか、時間の流れがゆったりとしている。ユリアンはスケッチブックに色々と何かを描いている。藤森はユリアンが面白い本があると貸してくれた本を読んでいた。

二十世紀初頭に発行された挿画の豪華な西洋の童話だったが、幻想的ながら、背景の城や広間、寝室、人々の衣類や風俗などをとても丁寧に描いてある。お伽噺《とぎばなし》でも東洋と西洋の入り混じった何とも不思議な世界観なので、眺めているだけでも面白かった。

最初はソファに座ったユリアンの隣で本を開いていたが、ユリアンがこっちにおいでと腕を引くので、今は昼間と同じようにその膝に頭を預けるようにして本を眺めている。

これまでは彼女相手でも膝枕なんかしてもらったことなかったんだけどなぁ…、と藤森はスケッチブックに鉛筆をすべらせているユリアンの整った顔を本の陰から盗み見る。

以前ならこうして相手に甘えかかること、くつろぐこと自体をあまり考えたことがなかったが、相手が変わると考え方も変わるものだ。

それとも、ユリアン特有の雰囲気が、こうして藤森に甘えることを許してくれているのだろうか。それはあるのかもしれないな…、と藤森は思った。ユリアンの方が歳上だし、体格的には圧倒的に勝っている。気質は若干繊細に過ぎるところもあるが、やさしい。こうして藤森とぴったりくっついていること自体も、好きらしい。

なので、過剰にもたれかかっているという気もせず、楽にこうしていられる。

少しひっつきすぎかもしれないけど…、と藤森はユリアンの顔を見上げて、ひとりで照れた。

『桃でも、剝《む》こうか？』

そんな藤森の反応をどう思ったのか、食べる？…、とユリアンはかたわらのガラスのフルーツ皿を指差した。

『いや、もう十分に満腹』

皿には桃とオレンジ、葡萄が盛られていて、自由に取れるようになっている。フルーツをそうして無造作に置き、好きな時に食べるというのがすでに日本人の感覚とは違うが、実際に満腹で手を伸ばさなくても、気分的には贅沢なものだ。

日本では冬場のミカン以外、フルーツはかなりの贅沢品だと思うせいだろうか。少なくとも、藤森は普段はほとんど自分では買わない。

「こたつにミカンみたいなものかな」

呟くと、ユリアンは笑みと共に小さく肩をすくめてみせる。何を言ったのか、という程度の意味だろうか。

『日本にはコタツっていう暖房器具があってさ、ローテーブルにこう上から布団をかけて…』

説明すると、ずいぶんユニークなシステムだと面白がってくれる。今年の冬は、それで一緒にゴロゴロしようと誘われたのは、なんだか色んな意味で可愛い。

桃は断ったものの、身を起こし、葡萄を一粒、二粒とつまんでいると、ユリアンはスケッチブックをかたわらに置く。

髪を撫でられ、本当にスキンシップが好きな男だと振り返ったところに、穏やかだがそれなりに真面目な顔で尋ねられた。

『今晩は君の部屋で寝る？　それとも、私の部屋に来る？』

ユリアンにしては野暮といえるような確認も、日本では交際の確認云々…などと、昼間に色々聞いていたせいだろうかと、藤森は少しおかしくなった。

だが、不誠実だと思われないように、精一杯大事にしてくれようとしているのはわかる。

『じゃあ、俺が行こうか？』

完全に腹が据わったわけではなかったが、なんとなくそのうち誘われるのだろうなと思っていた藤森は逆に尋ねた。

夜に相手の部屋で寝ることを承諾する以上、意図は十分に伝わるだろう。

「ありがとう、嬉しい」

たどたどしい礼と共に、額にキスが降ってくる。

男同士だという以前に、何だかこの男が妙に愛しくて可愛い。この間、自慰でネタにしても大丈夫だったせいもあるが、ここまで想ってくれるのなら応えてみたい気にもなる。

無理なら、その時に無理だと言っても、この男はけして怒ったり、女の子相手のように気まずくなったりしないのだというのもわかる。そういった意味では、多分、ユリアンはおそろしく気が長いタイプだ。そんな安心感に背を押されたというのが一番にあるのかもしれない。

『行こうか』

ユリアンは藤森の腕を引くと、とても丁重に立ち上がらせてくれた。

そのまま、部屋まで丁寧にエスコートされる。

寝室のドアが開かれるのをかすかな緊張と共に待つと、中からするりと灰色の猫が出てくる。

ここにいたのかと驚く藤森を横に、ユリアンは猫の背に声をかけた。

『おやすみ、ワガハイ』

ワガハイはちらりとブルーの目をユリアンに向けると、ミャアとだけ小さく鳴いて廊下を行ってしまう。

『いつも夜は部屋に?』

いつから飼っているのだろう、と些細なことが頭をかすめる。

『いや、気分屋だから、いたりいなかったりだよ。いない方が多いね』

入って、とユリアンは藤森の背中を押す。

部屋に入ると、さっきまでの紳士的なエスコートとはうってかわって、ずいぶん情熱的に抱きしめられた。

扉にやんわり押しつけられ、動けないような形で唇を塞がれる。

啄《ついば》むようなキスが徐々に深くなる。唇をぴったりと合わされると、あいかわらずの口蓋の大きさを意識させられる。

とにかく、何もかもが大きな男だ。すっぽり囲い込まれると、何も抵抗できないような気になってくる。

いつものうっとりするような甘い香りの合間に、最初はまだそんなことを考える余裕があった藤森も、口腔を貪るような濃厚なキスに徐々に意識が霞みはじめる。意識が朦朧《もうろう》とすると、理性もゆるんで蕩《とろ》けはじめる。

キスの文化の差を、とっくりと思い知らされる。これまで自分がしてきたキスなど児戯《じぎ》に等しいんだなと、藤森はぼうっとした頭で考えた。

『シャワーを使う?』

キスの合間、髪と唇に指先でそっと触れながら、男は尋ねた。

正直、もうシャワーなどどうでもいいような気分だったが、最初の最初でさすがにそれはどうかと思ってかろうじて頷く。

『ローブも使って』

浴室の扉を開け、藤森の背を押しながら、ユリアンは丁寧に言葉を添える。

一度入って、写真も撮らせてもらったオーク材をたっぷりと用いた重厚な広い浴室だ。藤森の使っている客間以上に贅沢な造りで、あの時はただただ素晴らしいと思ったが、理性のゆるんだ今はそれすらもどこか現実味がない。

シャワーを使って、ひとつしかなかったローブを引っかけて出ると、入れ違いにユリアンが入ってゆく。

『すぐに出てくるから、待ってて』

そんな時までささやきと共に、キスの名残を確かめるようにさらに唇を吸われ、藤森はほとんど思考能力を失って、勝手に大きなベッドに沈んだ。

フラウ・ゲスナーの手によってきっちりとベッドメイクされた、大きなベッドだ。天蓋《てんがい》こそついていないが、どっしりした造りは貴族の館級だなと、藤森は金糸で刺繍の施された豪華なクリーム色のベッドカバーを眺める。

さほど時間を置くこともなく、ユリアンはバスタオルを腰に軽く巻いたままの姿で出てきた。まだ肩まわりは湿ったままだ。

体格が異様にいいので、そうやって半裸で前に立たれると、とにかく圧倒される。肩や腕、胸まわりなど、引きしまった筋肉が隆起していて、藤森が考えていた以上にはるかに大きく見える。

藤森はベッドの上で、しばらくぽかんと目の前に立つ男を見上げた。

この前、迫られた時と同じく今夜も瞳が銀色に見える。この並外れた身体つきとあいまって、ずいぶん人外っぽく思える。

『えっと…、色々準備とかは?』

具体的に何をどこまでされると言われたわけではないが、それなりに最低限の準備はいるのではないかと緊張や焦りもあって尋ねてみると、ユリアンは小さく笑う。

『心配しないで』

藤森に会いに日本にやってきたのだと言っていた。ならば、ある程度の知識も準備もあるのかもしれない。

これ以上何をされるのかと考えると思考停止してしまうので、任せてしまっていいのだろうと藤森は自分のローブが開かれるのを見ていた。

また口づけが降ってくる。

やわらかいキスと共にベッドの上に押し倒されて、藤森は喉の奥で喘いだ。

キスの合間に目を閉じると、唾液の絡まる濡れた音に交じって、自分の喘ぐような息、シーツのかすれる音、ユリアンの長めの髪が肌の上をすべる音など、生々しい音が次々と耳に入り込んでくる。

それだけで急に体温が上がるような気がした。

首筋を唇がすべり、胸許に落ちると、息が勝手に弾む。鎖骨のあたりを軽く噛まれ、次に長い指が胸許を探った時、シーツの上に伸ばした指先がぴくりと跳ねた。

ユリアンはそれを目の端で捉えたらしく、一度は他へ流れかけた指がゆるやかに乳頭に戻ってくる。

「…っ」

自分では触ったことも、意識したこともない場所だ。そこを無理のない力でやんわり揉まれ、つまみ上げられる。一瞬、息の詰まるような鋭敏な感覚が走って、藤森は眉を寄せた。

そんな妙な触り方はしないでほしいと藤森が目を開けると、ユリアンの妖しく濡れたような目と目があってしまう。

ちょっと怖いと思うと同時に、あまりに色が綺麗で目が離せなくなる。同時に、大きな口許に自分の浅い色の乳暈《にゅううん》がゆっくりと含まれるのが視界に飛び込んでくる。

「…え、…っ」

口中に含まれると、むず痒《がゆ》いような感触と共に、身体の中心が熱を帯びてくるのがわかる。

やさしく甘噛みされ、舌先でつつかれると、乳頭がちょっと信じられない形に尖ってツンと伸び上がるのもわかって、藤森は軽くパニックを起こした。

「え…、あ…」

何度も執拗《しつよう》なほどに指先でこねられ、舌先でくじり、舐め回される。くすぐったさが、奇妙な快感になってきて焦る。

「待っ…、待ってって…」

焦って暴れかけた腕をやんわり、本当に無理のない力で上へと押さえ付けられたが、これが逆に少しも動かせない。

その姿勢で、なおも乳頭を吸われると、今度は恥ずかしいほどに下肢がずくりと疼《うず》いた。

「あっ…」

バスローブを割って、下着越しにすっぽりと大きな手に握られ、そこが完全に形を変えていることがわかって、藤森はなおも焦る。しかも握られてわかったが、すでにそこは先端からあふれ出したものでずいぶん湿っていた。

抱き合うのって、こんなに生々しいものだったか…、藤森は羞恥でグラグラする頭の中で考える。

女の子相手の人並み程度の経験では、もっと自分がリードを取ってという意識が常にどこかにあったせいでもう少し冷静さがあったのに、今は顔から火が出そうだった。

「あ…、俺…」

言いかけて、大きな手の中に揉み込まれるようにされ、その先を失う。

長い指が器用に下着の中にすべり込んできて直接握られると、もう厚みのある胸に片腕をつき、喘ぐことしかできなかった。

『見せて』

低い声は直接脳に響く呪文のようだ。

剝ぐように下着を下ろされ、脚から抜かれても、こんなに恥ずかしいのにろくに抗うこともできなかった。

標準的なサイズのものを、銀色に光る目が見下ろし、形や大きさを確かめるように幾度も指の中で丹念にしごく。

その長い指がすでに自分の先走りで濡れているのを意識すると、なおも藤森はユリアンの手の中でぐんと弾んだ。

「あ…、ユリアン…、手…」

離してほしい…、そう言いかけたところを逆に脚を大きく開くようにされ、前置きもなく口中に含まれる。

「…っ！」

とっさには声も出ないほどの衝撃だった。大きな口中にすっぽりと根本まで含まれ、食べるようにしごかれる。熱く濡れてやわらかく、それでいてなめらかに締め付けられる。

これって…、と藤森は喘いだ。

熱くヌメる口中、まとわりついて締め上げてくる肉厚で柔らかな舌先は、どれも信じられないほどに気持ちいい。

濡れた粘膜にやんわりと締め上げられ、根本から吸い上げられる。その間も厚みのある舌先が、藤森自身に絡み、舐めしゃぶられる。時折軽く歯を立てられ、その甘嚙みも強烈な刺激でとっさに奥歯を嚙みしめた。

あまり口でしてもらった経験はないが、その中でもとびきり気持ちよくて、すぐに達してしまいそうになる。

「あっ…、っ…」

ぬらぬらと口中で舐め吸われ、抗うこともできずに夢中で腰を動かす。根本からすっぽりと大きな口に食べられているようなきわきわの感覚がたまらなかった。

「あっ、待って…、イクから…」

離してくれと焦って身を捩ったが、そのまま強く口中に吸い上げられると、勝手に腰の方が堰《せき》を切ったように振れた。

「あっ…、あっ…」

ザッ…と頭の中が真っ白になったかと思うと、何かが弾けるように呆気なく達してしまった。

「ごめ…、俺…」

こんなに一方的に…、と藤森は紅潮した頬を押さえながら呟く。

だが、ぐったりと伸びた身体を今度はさらに深く折るようにされて、何事かと目を見開いた藤森は信じられないような箇所に舌先で触れられ、軽い悲鳴を上げた。

「あっ…、そこ…っ」

あまり自分でも触れないような場所に、何の躊躇もなく口づけられ、周囲を厚みのある舌先でぐるりと撫でられる。

「…っ！」

窄《すぼ》まった箇所を舌先で突かれるのは、強烈な刺激だった。

汚いとか、信じられないとか、どうしようとか、軽くパニックに陥る中、ヌメった生き物のような感触が、ぐぅっと内部に沈み込んでくる。

「あっ…、あっ！」

自分でも信じられないような甲高く濡れた声が、勝手に喉を突いて出る。

「あっ、やめて…」

やめて欲しいと口走ってしまうのは、信じられないほどの羞恥からだった。

長い指が窄まりかけた粘膜を割り開くようにして、厚ぼったい舌先がヌルリと内部に入り込んでくる。

羞恥で何かが灼《や》ききれるような、同時にあまりにも生々しくて卑猥《ひわい》なこの動物的な感触を、なんと言えばいいのか。

「——っ！」

奥歯を食いしばり、その強烈な快感に耐える。

温かく濡れた舌先は、不快なようでいて、腰が勝手に浮き上がって痺れるような快感をもたらす。

ヌメッた舌先が一方的に体内に沈み込んでくるのは不快なはずなのに、これまで味わったことのない快感で担ぎ上げられた脚は跳ね、意識は濁った。

信じられないという思いは、この行為に対してと、同時にもたらされるこの快感との両方に対してある。肯定するのは怖いが、性器を口に含まれた時以上に気持ちいいのも事実だった。

しばらくの間、藤森は自分が何を言って喘いだかわからなかった。

続けられるも、途中でやめてしまわれるのも怖い。

ただただ、この理性では許せないような愛撫を甘受するしかできなかった。

下肢を啄まれて散々に翻弄《ほんろう》され、髪を振り乱しながらシーツを逆手に握りつかんで耐える。

ようやく舌先が自分の中から抜け出た時には、上限のない快感から解放されることにほっとした。

十分に舐めほぐされた箇所に、今度は何かが塗りつけられる。

濡れた感触に冷たさはなくて、何かのオイルなのかなとドロリと濁った思考の端で考える。

羞恥はすでに灼き切れ、もうこれ以上は何をされても大差ない気がして、藤森は脚を開かされたその姿勢でされるがままになっていた。

散々にほぐされた箇所に、オイルの潤みを借りてユリアンの指らしきものが入り込んでくる。

「ん…」

蕩けた箇所はやんわりと男の指を呑み込んでゆく。

思っていたよりも楽だ。ただし、指は考えていた以上に長い。

「え…、あ…」

まだ…、と思った瞬間、咥《くわ》え込《こ》まされた指が内側を撫でるように動いた。

「ぅ…わ…」

うねるように内側を刺激され、半分悲鳴に近い声が出る。

「あ…、ちょっと、あっ…」

腰が跳ね上がるほどの違和感と、さっきまでとはまったく異なる瀬戸際にも近い強烈な快感に、伏していた上体が勝手に仰《の》け反《ぞ》る。

「い…ぁ…っ」

悲鳴にも似た声が喉からこぼれる。

「ユリアン…っ」

『苦しい?』

苦しいわけじゃないと、藤森は首を横に振る。

ただ、この未知の感覚にどうしていいかわからないだけだ。

「あっ…、やっ…」

嬌声にも似た女の子じみた声を洩らさないようにと懸命に歯を食いしばってみるが、男の指を喰い締めた腰はさっきと同じように勝手に蠢《うごめ》き、跳ねる。

『いいの?』

聞き取りにくいくぐもった声が、嬉しそうな響きを帯びる。

「あっ…、それ…っ」

あっ、あっ…、と耳を覆いたくなるような甘ったるい声が、勝手に喉を突いて出る。内部を指の腹でかきまわされるたび、腰は絶え間なく動き、何度も長く節の高い指を奥へと強く喰い締める。

自分の身体が、まるで自分のものではなくなってしまったかのようだった。

やめて欲しいと何度も訴え、頭の中がピンク色に灼き切れそうになった頃、ぐったりとした身体からようやく指先がぬっ…、と抜かれる。

途中から指が増やされていたらしく、咥え込まされていた箇所はユリアンの指の形を覚え、オイルに濡れたまま、まだ完全には口を閉ざしきれないことが自分でもわかる。

あからさまに開いているのも恥ずかしい…、あられもない格好のままぼんやりと放心しかけたところに、指の代わりにあてがわれるとんでもない威容が目に入り、藤森は焦った。

「ちょっ…、待って。そんなの無理って」

信じられないほどのサイズに、藤森は及び腰になる。

壊れる。そんなものを入れられたら、間違いなく壊れる。

とっさにうつ伏して逃げかける身体を捉えられ、背後から腰を抱かれた。

「え…、あ…」

ゆるやかに腰を抱えられ、先端をあてがわれて拒む間もなく、ゆっくりと巨大な肉茎《にくけい》が沈む。ヌルリと入り込んでくる質量は藤森の予想をはるかに超えていて、とっさには声も出なかった。

「…っ」

それでもオイルに濡れた箇所にじわじわと膨れ上がったものは沈み込んでくる。

「…ん…ん…」

下肢の方は何とか広がり、ユリアンを懸命に呑みこもうとしているのがわかる。

無理という思いと、もう少し応じてやりたいという気持ちがない交ぜになる中、信じられないほどの執拗さでユリアンは腰を進めてくる。

「あ…、あ…」

限界まで広げられて身体全体が強張ったところを、ゆるく腰を引かれ、ほっとする。

そこをふいに強い力でぐいと押し入られ、藤森は目を大きく見開いた。

「ぁ…」

無理だというほどの間もなく、ヌウッと熱いこわばりが奥部へと入り込んでくる。

悲鳴にもならない声が喉を突く中、長大なものはさらに強い力で最奥《さいおう》に達した。

とんでもなく巨大なものが下肢に埋め込まれた未知の感覚に、しばらくは声も出ない。圧迫感が、喉をも圧していた。

『ケンジ…』

案じるような声と共に後ろからゆっくりと目許を拭われ、生理的な涙をこぼしていることに気づいた。

「ダイジョウブ?」

横から覆いかぶさるようなキスが頬と目許に落ちる。

「ぁ…」

かろうじて頷くと、ユリアンを呑みこんだ角度が少し変わったのか、さっきまでとは異なる焦燥感がじわりと腰の奥に生まれる。

「あ…、待っ…、あ…」

信じられないと目を見開き、反射的に前へと逃げようとする藤森は、杭《くい》のごとく野太いものが自分の中からズ…、と抜け出てゆく感覚にも焦った。

「あ…、あぁ…」

抜け出る感覚が惜しくて、とっさに埋め込まれたものを喰い締めてしまう。

『ケンジ…』

満足そうに息をつき、ユリアンはなおも深く藤森の身体を抱きしめた。

「違…、あ…、あ…」

ほんの少しずつだが、前後にゆるやかに動かされると、自分の腰もゆらめくように応じてしまう。

「あ…、あ…」

シーツに再び硬く反りかえった先端が触れ、藤森は自分の身体が明確に反応していることを知る。

「あっ…、あっ…」

また媚びるような濡れた声が喉奥から勝手に洩れ、藤森はシーツを握りつかんだまま呻いた。

すでに入り口は一杯にまで押し広げられ、内から溢れるオイルの潤いを借りて何度も抜き差しされることに快感を覚えている。

臍《へそ》の裏をゆるく押し上げられ、無理のない力で何度も突くようにされると、誰が聞いても嬌声にしか聞こえないような濡れた声が喉から洩れる。

それをすくい取るように、大柄な男が身をかがめ、背後から覆いかぶさるようにして半ばまで仰《あお》のけた藤森の唇を吸った。

「ん…、んぅ…」

押し入ってきた舌に舌先を絡めとられ、息も苦しい。

だが、唇も下肢も上下共に深く犯されていると思うと頭の奥がぼうっと痺れ、藤森は自らも舌を絡めるようにしてキスに応え始めた。

飲み込みきれずに溢れ出る唾液も、すべて美味そうに啜《すす》られる。

体奥に深々と咥え込まされた男のものが愛しいような気持ちにもなって、藤森はかすかに腰をゆらめかして、ユリアンを締め上げる。

藤森と唇を合わせながら、ユリアンが満足げな声を洩らす。

「あっ…、いい？　ユリア…、いいの…？」

尋ねると、とても…、と低く喘ぐ声が喉ごしに感じられた。

「あ…、俺も…、俺も…っ」

快感に痺れる舌はうまくまわらず、舌っ足らずな甘えた声が次々にこぼれる。

繋がりあったまま、いい…と腰を振ると、呼応するように男はさらに深く藤森を穿《うが》った。

「イく…、イっちゃ…」

背後から何度も突き上げられ、背中を強く突っ張らせて藤森は切れ切れの声を上げた。

そんな藤森の腰を強く抱き、大柄な男も低く呻く。

「…ぁ…」

背中越しにも感じられる胴震いの後、腹の奥深くにドロリと熱いものが注ぎ込まれるのがわかる。

舌の根を強く吸われながら、身体の奥が白く濁ったもので満たされるのを藤森は震えながら意識した。

「…んぅ」

しばらくは声も出ず、まるで腹の奥部に男に種付けでもされているようなその強烈な射精の感覚に酔う。

やがてうなじや髪、背中に感謝と愛しみを込めたキスが何度も降らされたあと、ぐったりと弛緩《しかん》した身体から、まだ威容を保ったままのものが半ば以上ズルリと抜き取られる。

それを惜しく思っていると、這わされていた身体を丁寧に表に返され、力を失った太腿を深く抱え込むようにして、再びユリアンのものが藤森の中へと沈み込んできた。

「あ…」

無理はないが、圧倒的なその質量に再び唇の端から涎が溢れ出すのを、藤森の両脚を抱え込んだ男は身体を折ってそっと舐めとる。

「すごかったね…」

ありとあらゆるものが自分の想像を超えていたと、藤森は締まりを欠きかけた顔でゆるく笑った。

『愛してる』

ささやきと共に、またキスが施され、シーツの上に投げ出したままになっていた両の手を上から握り込むようにされる。

藤森は笑って、まだ自分の中で力を失っていないものをやんわりと締め付けてみた。

ユリアンが悪戯っぽい笑いを見せる。

『俺、壊れるかと思ったよ?』

軽く言葉で責める藤森の上にかぶさるようにして、ユリアンはゆっくりと腰を揺らす。

まだ力を失わない男の生殖器が大きすぎて、それを埋め込まれた藤森の腰ごと揺らされる。

「あ…、ダメだよ」

もう無理だと言いかけた藤森は、また身体の奥に生まれた疼きに声を呑んだ。

あの甘い香りが鼻先をくすぐったように思えて、身体の奥がジンと痺れる。

それと同時に、ユリアンの砲身を深々と埋め込まれた箇所が温かく蕩けたようにも思えた。

『ケンジ、気持ちいい…』

すごく…、うっとりと呟く男の声にそれ以上抗えず、藤森は小さく呻きながら目を閉じ、新たに生まれた快感を追い始めた。

V

コツコツ…、とかすかに木を打つような音がする。
藤森はずいぶん明るい部屋で、さっきからずっと続いている小さな音に気づいた。
音のありかを探ろうと頭を巡らせると、音は止まる。
『目が覚めた？』
そっと大きな影が上から覗き込むように尋ねてくる。
それと同時に、大きな手が髪をかき上げてくる。
「ユリアン？」
何度か瞬くと、上から覗く男の顔に焦点が合う。
『昨日の晩はごめんね。あまりに嬉しくて、君が素敵で…』
男は身をかがめ、藤森の頬に口づける。
『つい夢中になってしまった…。きっと、疲れたんだね？』
『疲れたっていうか…、うん…』

そうなんだろうな、と藤森は笑う。

何もかもが自分のこれまでの概念をはるかに超えていた。

セックスも、注がれる愛情も、何もかも…。

いったい、これまで自分が女の子とやってきたのは何だったのか、と藤森は手を伸ばし、ユリアンの頬を撫でる。

『何時？　俺、けっこう寝てた？』

『昼の一時過ぎ。あまりによく寝てたから…』

「何、すごい贅沢…」

ユリアンの精力は確かに藤森の常識を大きく越えていたが、結局のところ、気持ちよくて最後は泥のように意識も蕩けたことを考えると、そのまま一時まで寝るなど贅沢の極みだろう。

それとも、自堕落と言うべきか。

『ゼイタ…ク？』

理解できなかったのか、尋ね返されて藤森は曖昧に頷く。

『なんか、今、コツコツって音がして…』

それよりもさっきのかすかな音は何だろうと身体を起こしかけると、ユリアンが手を貸してくれた。

ベッドから少し離れた場所に二人掛けの丸テーブルが置かれ、いつものスケッチブックの他、木の枠と小さな鑿《のみ》が乗っている。

『あの音？　何か作ってるの？』

絵ばかりでなく、彫刻めいたものもするのかと、藤森は持ち前の好奇心から身を乗り出した。

『ええ、まだ途中ですが…』

ユリアンは木くずをはらうと、まだ途中らしき作品を見せてくれる。

『何？　額縁か何か？』

『ええ、あなたの絵に合うようにと思って』

ユリアンが手渡してくれたノートサイズの木枠には、針葉樹や広葉樹の葉、木の実などが巧みに彫りこまれている。

『葉っぱに木の実？』

『君はどこか、この森を思わせるので』

また藤森にはよくわからない喩《たと》えだったが、そう言ってもらえるのはずいぶん嬉しかった。

しかも、あとで絵を渡すと言ったあの時の約束通り、絵に合う額まで作ってくれているらしい。

やさしい、ずいぶんやさしい贈り物だなと、胸の奥が温かくなる。

つきあう相手にプレゼントなどというと、これまでは何かアクセサリーめいたものを買って渡すことしか考えたことがなかった。

そういうのとは違うんだな、といい意味でまた自分の浅さを覆《くつがえ》されたような気持ちになる。

『気に入ってもらえるといいけど』

ベッドの端に腰掛けたユリアンは、はにかんだように笑う。

『絶対に気に入るよ。俺、こんなに手の込んだ贈り物、もらったことがないから』

手が込んでいるばかりでなく、ここまで深い愛情の込められた繊細な贈り物自体がないというのを、言葉ではうまく伝えられないのがもどかしい。

『まだ途中だから、でき上がったら渡すよ』

本当はこっそり作り上げてしまいたかったけど、ずっと眠っている君が心配で、そばにいたかったから…、とユリアンは呟く。

『ありがとう』

藤森はユリアンの腕を引くと、自分からその頬に口づけた。

愛しているという言葉は、キザすぎるような気がして自分にはとても口にはできないけれど、この繊細な恋人がたまらなく愛しい。

そうか、恋人なんだな…、と藤森はしみじみ思って、照れ隠しにユリアンの金髪を何度も撫で、大柄な身体を抱きしめる。

つきあっていても、恋人などという言葉をあえて意識した——そして、それに見合うと思った相手はこれまでいなかったけれども、この繊細な相手は恋人だと思っていたいのはなぜなのか、それが不思議だった。

三章

I

ケンジ、ケンジ…、と薄暗がりの中で、かすれた声が魔法のように何度も自分の名を呼ぶ。

かすれていて、けして美声だとは言いがたい低すぎる声だが、それでもその声に込められた愛情が朦朧としていた藤森の中に響いてくる。

いつまで続くのだろう…、すでに何度となく吐精した藤森はぼんやりと自分の腰を抱えた男を見上げる。

まだ…、という声もすでに喉から出てこない。

藤森に体重をかけないようにと気遣いながらも、ユリアンはなおもゆっくりと腰を使っている。

自分の下肢が、勝手にその動きに呼応して蠢いているのがわかる。

ユリアンが呻きながら、藤森の首筋に歯を立てた。

甘噛みされ、そこを味わうように舐めしゃぶられる。

喰われてるみたいだとその様子を薄目を開けて見た藤森は、自分の口から甘えるようなくぐもった声が洩れるのを聞いた。

抱え込まれた足が跳ね、ユリアンを煽るように動いている。

自分のどこにそんな体力があるのだろうと、藤森は喘いだ。

これ以上貪られる状態から逃れようと、男の肩を押すために伸ばした手を取られる。肘の内側に口づけられ、やわらかく舐め食《は》まれて、その感触の甘さに恍惚となる。

体勢が変わって、内側深くに埋め込まれた隆々とした性器の長大さをまざまざと意識させられる。それと同時に、まだ執拗に男を喰い締める自分の下肢の貪欲さにも驚く。

「あ…、あ…」

自分が洩らす媚びるような声を聞きながら、藤森はゆっくりと意識を濁らせた。


その日もユリアンに背後からすっぽりと抱きしめられて眠りに落ちた藤森は、夜中過ぎにふと目を覚ました。

ざわりと温かなものが、剝き出しとなった脚に触れる感触がある。

そのざわざわしたものが脚に触れるのを、しばらくぼうっとした頭で不思議だななどと思う。

直接、肌に触れているように思うのは、おそらくまたユリアンのベッドで裸で眠り込んでしまったせいだろう。

だいたい、ユリアンは見た目通り体力があって絶倫に近い男なので、終わると藤森などはぐったりだ。心地よい疲労ではあるが、ユリアンの体温がかなり高いせいもあって、その温かさで背後から包み込まれるとすとんと意識も落ちる。パジャマを羽織るまでもない。

ユリアン自身は、もともと裸で寝ることに抵抗はないらしい。むしろ、ぴったりと肌同士をひっつけて眠りたいようでさえある。

藤森もたいていは朝までぐっすりだが、今夜は気持ちのいい温もりの中で覚えた違和感に、ふと意識が戻ったのか。

温かいが何かの毛皮のようだな…、と藤森は自分の脚に触れる感触をぼんやり思った。毛を太く束ねたもののようで、柔らかさの中に若干の硬さもある。

だが、チクチクするというのとは違って、温かいせいもあってまるで生き物の毛並みのよう…、そこまで思って藤森は何となく手を伸ばしてみた。

やはり何かの毛束で、温かくやわらかい。

毛布…、と考えかけて、ふっと意識が確かなものとなってくる。

毛布の感触とも違うし、今は夏で毛布を使うこともない。

だが、手に触れた毛並みはずいぶん気持ちよい。

どうしてこんなものが…、と藤森は漠然と隣にユリアンを探しながらゆっくりと姿勢を変える。

そして窓からのほのかな月明かりの中、すぐ目の前に投げ出された大きな動物の脚に気づいた。

何か、獣じみた毛で覆われた太い脚だ。短い毛に縁取られた黒っぽい肉球が、こちらに向けられている。

何だ、これは…、と藤森は目の前にあるその獣の脚に触れてみた。

脚に触れる毛束も温かいが、この獣の脚も温かい。そして、肉球はごわついて硬い。しかも、藤森の手よりもはるかに大きく、ずいぶん鋭い爪がついている。

昔、祖父の家で飼っていた秋田犬《あきたいぬ》の脚に似ているが、あれよりもはるかに大きく、爪も鋭い。

頭の中に疑問符が一杯になる。

「…ユリアン?」

藤森は身を起こし、ベッドの上にユリアンを探す。

もぞりと横で大きな影が動いた。

「ユリアン? 何かさ…」

でかい獣っぽいものが…、と言いかけた藤森の前で、ブルッ…とその大きな影は頭の上の耳らしきものを動かした。

多分、耳だ。暗い部屋で今ひとつはっきりはしないが、直感的に耳だと思った。

「ユリアン…?」

藤森が声をかけると、その黒い影は次の瞬間、跳ね起きる。

そして、ざっ…、と夏の薄い羽布団の中に逃げ込むように飛び込んだ。

犬? いや…、もっと大きな…。

藤森はまだ完全には隠れ切れていない、ふっさりした長い太い毛束を捉えた。

「……………何だ？　尻尾《しっぽ》？」

口にするまでもなく、間違いなく尻尾だ。

「…何だ⁉」

何でこんなものが自分の隣で寝ているのかと、考えるまでもなく手が勝手に布団をはぐる。

藤森の視線から逃れようとするかのように、両腕で頭を隠した大きな毛の塊が、巨大な獣の形から大柄な人間の形になってゆく。

ちょっと信じられないような光景に、藤森はただ呆然とその様子を見守った。

これではまるで…、とても信じられないことだが…。

そう思った瞬間、藤森が手に捉えていた尻尾までがするすると逃げるように縮んでゆく。

「あ、待て、尻尾！」

叫ぶと、縮みかけていた尻尾がびくりと止まり、またもとのふっさりとした長い尾に戻った。

「…え？　うわ、やっぱり尻尾だ」

すげー…、と藤森は呟きながら、手にした尻尾を持ち替えては両手でゆっくりと撫でる。

何ともいえない温かな手触りだ。多少のごわつきはあるが、触り心地はなめらかで確かに生き物の尻尾だ。クセになりそうな気持ちのよさだった。

「え？　ユリアンだよね？」

何でこんなものが生えているのかとか、今さっきまで巨大な獣じゃなかったとか、聞きたいことは色々あるが、まず確認したいのはそれだった。

頭を抱えた影ははっきりとは確認できないが、かすかに頷いたように見えた。

何だかとんでもなく奇妙な事態だが、それよりも興味の方がはるかに勝った。

「え？　これの付け根どうなってんの？」

まさか特殊な仮装ではあるまいと、藤森はつかんだ尻尾をそのままに、もう片方の手で尻尾の付け根近くまでなぞり上げる。

たくましくがっしりした臀部《でんぶ》はまだいくらかの毛に覆われているが、覚えのあるユリアンの腰回りだ。多分、普通なら尾骨《びこつ》のあるあたりから生えている。

「何？　え？　さっきの足どうなった？　すごく硬かったけど」

藤森はもう承諾も得ずにうずくまる大きな影をまさぐり、その手を取る。

いつもの大きな手はやはり毛に覆われ、指の半ばあたりがさっきの肉球のように硬化している。形は見たばかりの獣の脚というよりも、人間の手に近い形となっているが、爪は鋭く尖って長い。

これ以上は逃げられないと思ったのか、相手はじっと四肢を折り込むように身体を丸め、藤森にされるままになっている。

「え？　さっき、なんか耳なかった？　こう、ピンと立った」

もう完全に日本語に戻っているのもかまわず、藤森は手を伸ばして頭部をまさぐった。

このあたりは完全にいつものユリアンの髪だ。

少しうなじにかかるほどの長さも手触りも間違いない…が、予想よりもかなり下の位置に——正確に言うなら普段のユリアンの耳とほとんど変わらない位置に、少し尖ってピンと立った耳がある。

それはうっとりするようなやわらかく温かな毛で覆われ、犬の立ち耳にも似た感触だ。

ただ、付け根近くはすでに人間の耳朶《じだ》に戻りかけている。暗いためにはっきりとは見えないが、今はかなり複雑な形状だと思う。

耳ばかりでなく、全身が今、獣形が解けかけた人間のような、絶対に普通では考えられないような形だろう。

そう思うと、俄然、今のこの状態を明るいところではっきりと確かめたくなる。

『ちょっと、ごめん、電気つけていい？』

『…許して下さい』

低く押し殺した声はいつもにもまして聞き取りにくい、唸り声のようなものだった。

だが、かろうじて何とか人語として聞き取れる。

『今の私はひどく醜いのです…』

「え…、何で…？」

『明日の朝、ちゃんとお話しします』

だから許してくれと、男は低く吠えるように唸る。

だが、その声は哀れで、とても怖ろしくは聞こえなかった。

ただ、そのままの格好で寝るのかとか、今から自分はどうすればいいのかとか、様々な疑念が胸をよぎる。

『えーと、俺、自分の部屋に戻った方がいい？』

かろうじてちらりと男の影はこちらを窺《うかが》い見た。

はっきりと見えるわけではないが、普段のあのまっすぐによく通った鼻梁が、いつもよりもずっと前に長くつきだしているように思えた。

うまく説明はできないが、ユリアンが今の自分は醜いと言った理由《わけ》が少しわかるような気がした。

『君さえよければ…』

『いてもいい？』

内心、大丈夫か、本当に…とちらりと思わなかったわけではないが、ここで部屋に戻ると言いはれば、これまでの心地よい関係は完全に壊れてしまうようにも思えた。

『危害は加えません。約束します』

押し殺した声で低く唸られ、藤森は小さく笑った。

『信じてるし』

本当はやっぱりどこかで大丈夫かなと思わなかったといえば嘘になるが、それでもなんだか妙に今のユリアンは哀れだった。

『…ユビキリ…します』

鋭い爪のある小指が、こわごわ伸ばされてくる。

それでも、その爪が藤森を傷つけないようにと精一杯気を遣って、他の指を懸命に丸めていることがわかった。

そもそも探るように伸ばされてくるこの手自体が、どこか藤森の反応を怖れてもいる。

おそらく、ひと掻きで藤森の喉笛など掻き破れるほどの力があるだろうに、藤森を怖れている。

藤森はそっとその大きな手を自分の手の中に握り込んだ。

『信じてるから、約束しなくていいよ。ちゃんと、ここにいるし』

藤森は手を伸ばし、まだ大きな身体を伏せて丸めたままの男の頭を抱く。

『また明日の朝、話して。そっちは約束』

はい、と強引に握り込んだ指に上から小指を絡めるようにして、藤森は指切りげんまん…、と子供に言い聞かせるように唱えてやる。

『話します』

『うん、だから、明日の朝まで寝ようよ。ユリアン、温かいしさ。俺もここで寝たい』

ほら…、と藤森はいつもとは逆に、大きな男の背を背後から横抱きにしてやる。

背中の下の方はまだいくらか柔らかい毛に覆われているが、引きしまった筋肉がみっしりときれいに乗った背中は、やはりユリアンだ。

『ありがとう、ケンジ…』

強引に目をつぶると、ユリアンが喉の奥でくぐもった声で呟くのが聞こえた。

Ⅱ

翌朝、藤森が目を覚ますと、ユリアンはすでにベッドにいなかった。

いつも藤森が起きるよりも、少し早い時間だ。

浴室から水音が聞こえるので、シャワーを使っているのだろう。

ユリアンの細く長めの金の髪が一本、枕に絡んでいて、藤森は不思議な思いでその髪を指先にすくい上げた。

昨日の晩、手に触れた髪と同じだ。耳の形は何か獣の…、犬か狼に近い形に変じていたが、髪はあの時触れたものと同じだ。

「夢か?」

呟いてみたが、あの時した指切りの感触はまだ手に残っている。

鋭く伸びて尖った爪、硬く角質化した皮膚、みっしりと短い毛で覆われた指…、人の手というにはあまりに違和感のある大きな手。

怖いというわけではないが、不可解で正体は知れない。

何というか、あまりに非現実的な…、いっそ、夢だった…、あるいは特殊な仮装でからかったのだと笑ってもらった方が楽な気もするが、多分、そうではない。

ならば自分はどんな態度を見せればいいのか…、などと起き抜けの頭でつらつら考えていると、水音が止まった。

さほどの時間もなく、バスローブをまとったユリアンが浴室から出てくる。

何の構えもなくユリアンと顔を合わせてしまい、藤森は一瞬、固まった。

「…おはよう」

固まったのはユリアンも同じだったようだ。藤森がすでに起きているとは思っていなかったらしい。

何の用意もない顔で、目を見開いている。

「おはよう…ございます」

とりあえずそれだけ返し、困ったような表情を見せる。

完全にいつものユリアンの姿だが、無精髭が目立つ。

これまで、朝、起き抜けに顔を合わせた時にはそうも思わなかったが、普段よりも伸びが早いのか。

昨日の夜の姿が関係しているのだろうか。

これだとおそらく、一週間ぐらい伸ばしたあとぐらいに見える。見苦しくないのは、もとの顔立ちが怖ろしく端整なことと、髭も淡い金茶色なせいか。

むしろ、ややワイルドな印象で、これはこれで悪くない。この状態を常にキープするのは難しそうだが、最初の頃とは違って髭男、熊男というイメージはない。

『その髭、いいね』

とりあえず、藤森は笑いかけてみた。

ユリアンは笑顔を作りかけたようだが、うまく形にはならずに曖昧な表情のままで目を伏せる。

『ありがとう』

律儀な礼だけが返ってくる。

『その…、朝食のあと、少し話をさせて下さい。…うまく説明できるかどうかは、わかりませんが…』

言葉遣いが恋人同士のものというには、かなり固いものに戻ってしまっている。

当然なのかもしれないが、それがずいぶん寂しく感じられた。

『いいけど…』

藤森は昨日の晩、脱ぎ捨てたパジャマを拾い上げ、羽織る。

そして、浴室を出たところで動こうとしないユリアンのそばまで行くと、手を伸ばしてみた。

『行こうよ、お腹減った』

あえて明るい声を作ると、どこか沈んだ様子を見せる男は口許だけで笑って頷いた。

昨日までのようには会話も弾まない朝食を終えた後、ユリアンは二階のテラスでフルーツティーを飲まないかと誘った。

フルーツティーと聞いて不思議に思ったが、用意されたのはガラスのポットにオレンジや葡萄、リンゴなどといったフルーツをたっぷり入れたものだった。そこに紅茶を注いで、下からじんわりとオイルランプの炎で温めてフルーツの甘みと香りを出すのだという。

それを見て、話が長くなるのかなと藤森は思った。

『昨日は驚いたでしょう?』

その温めた紅茶をすぐにはかたわらのカップに注がず、パラソルの陰で籐の椅子に座ったユリアンは尋ねた。

『えっと、少し?』

色々聞きたいことはあるが、いきなりあれは何かと突っ込むのは憚られ、藤森は言葉を濁した。

『ルーデンドルフの家には、たまに私のような存在が出てくるのです』

『私のような…って?』

『「人狼《じんろう》」…、と呼ばれる存在を信じますか?』

『ごめん、何?』

最初、ユリアンの口にした単語がうまく理解できず、藤森は尋ねなおす。

そして、再度Ｗｅｒｗｏｌｆ《ヴェアヴォルフ》と発音されて、以前、ユリアンが話していた人狼伝説を思い出した。

ただ、発声された単語の理解と意味の理解とはまた別で、話の流れ上、人狼の意味を呑みこむのにしばらく混乱した。

『えーと…、少し前に話した麦角病や狂犬病の患者だったっていう…』

『それは当時、人狼だとされた人々の原因となる病気です』

『ああ、確かそう…』

女は魔女、男は狼男といった異端として狩られたという話だった。

ただ、それは宗教的異分子の排除、あるいは財産搾取《さくしゅ》目的や集団ヒステリーによるものだ。聞いていて愉快な話ではないが、ある意味歴史の中の暗黒史に近い。

でも、昨日のユリアンは確かに耳と尻尾のある獣じみた格好に転じていた。

『私の言う人狼は、実際に人間と狼の姿を行き来する存在です』

それを信じるか信じないかと言われれば、普通なら信じはしないが、実際に昨日の晩に藤森はふさふさとした長い尻尾を見て、触った。

隣に見ず知らずの狼が寝ていたと言われるよりも、まだユリアンが姿を変えたのだと言われた方が信じられる。

何より、ユリアン自身が昨日の姿を見られてずいぶん沈んだ様子を見せている。いくら内気なところがあるとはいえ、何の理由もなくここまで沈むこともないだろう。

『その人狼が、昔から私の家系には何人か出ているんだそうです』

『規則性なしに？』

『今のところ、これとわかった規則性はありません。私の前は曾祖父の弟、そしてさらにその二代前にひとりというのが、一番近い例です』

『男ばかり？』

『ええ、出るのは男です。女性の話は伝わっていません』

『その曾お祖父《ひいじい》さんの弟さんっていうのは、もう亡くなって？』

『ええ、生まれついての人狼でしたので、一次大戦で自ら志願して戦地で亡くなったそうです』

『人狼だから志願するっていうのが、今ひとつよくわからないんだけど…』

また何かを聞き取り間違えたのかと、藤森は首をひねる。

『ルーデンドルフの家系にたまに出るとはいえ、いつの時代も歓迎される存在ではありません』

『…そうなの？』

何となくニュアンスはわかる気がして、藤森も口ごもる。

『ええ、やはり人外というのか、まともな存在ではないので、下手に外に知られると一族皆の立場が危うくなることもありますし…、誰に一族への糾弾《きゅうだん》の口実を与えるかわからないというのか…』

『ああ…』

宗教的要素とはまた別の意味で、ある種の異端だ。裏を返せば、身内にとっても一族に人狼が出るのは恐怖の対象なのか。

『性格的にまわりが手を焼くほどに凶暴な者もいたようで、身内に殺されたり、幽閉されて孤独死したりと、いつも最期は皆、不幸な終わりを迎えたようです』

ユリアンはどこか淡々とした声で言う。

『不幸って…、でも、ユリアン？』

まるで自分もそうだと言わんばかりの話し方に、藤森は思わず尋ねかけてしまう。

『私は生まれた時、多毛症や口蓋裂《こうがいれつ》などといった多重の先天性奇形があると病院で言われたそうです』

『…それって？』

『獣形に近い形で生まれてきたため、医学的にはそう分析せざるを得なかったのでしょう。父は家系で伝わる話から、すぐにその症状が何であるかに思いあたったようですが、母には受け入れがたかったようで…。育つうち、人間の姿と獣の形とを行ったり来たりするようになっても、私は自分の正体を知っている母には嫌われていました。言葉も遅かったようですし、動きも獣じみていて…、人としてあるまじき生き物というか…』

母親に嫌われていたというのもずいぶん衝撃的な告白だが、愛せなかったとか、そういう印象なのだろうかと藤森は眉を寄せる。

ユリアンはさらに衝撃的な告白をした。

『…両親の離婚の原因となったのも、私です』

『原因？』

『ええ、私が生まれて以降、両親の仲は急速に冷ややかな関係となっていったようで…、やはりその直接の原因となったのは、私の存在でした…』

ユリアンはすでに諦めているのか、目を伏せがちに低く語る。

『お父さんは？』

『父は私を嫌うというよりも、持てあましていたような感じでしょうか。母が家を出た後、仕事が多忙だったせいもあるでしょうが、ほとんど家に戻らなくなりました』

その様子が想像できるようで、藤森は薄ら寒いような気持ちになる。

ユリアンが折々にどこか寂しいような顔を見せるのは、ずっとそんな環境で育ったせいだろうと想像もついて、よけいに胸の奥が痛くなる。

『誰も、私を愛しはしない』

何もかもを諦めたようなユリアンの声に、藤森はしばらく考え、口を開いた。

『…俺は？』

『ケンジは信じるんですか？』

『だって、俺、昨日の晩、一緒に寝たしさ。尻尾も触ったし』

『それもそうですね』

藤森の返事を少しも信じていないような顔で、ユリアンは頷く。

そんな反応に納得いかず、藤森はしばらく考えて口を開いた。

『俺が前に話した、ニホンオオカミの話、覚えてる？』

『ええ、日本にも狼がいたと…。そして、今は絶滅したという…』

『信じるかどうかは人それぞれだけど、今もまだ生きているっていう話が日本のあちこちにあるんだよ』

　ユリアンはどこかその話を信じていないような、寂しげな顔を見せる。

それとも、滅亡したという狼の種が痛ましいのか。表情だけでは、何とも読み取れない。

『人狼ってさ、俺はそれと一緒じゃないかって思う』

『一緒？』

『そう、ニホンオオカミなんて、もう生きているはずはないって言うのは簡単だけど、もしかしてまだ、どこかにひっそり生きてるかもしれないじゃないか。ニホンオオカミは大陸系のハイイロオオカミとは別亜種じゃないかって言われてるような中型犬ぐらいの狼らしいからさ、狐や大きめのイタチ程度に思われて、見逃されてるかもしれないじゃないか』

　言いつのった藤森をどう思ったのか、ユリアンはようやく頷いた。

『そうですね』

『だから、ユリアンもそういうのじゃないの？　「人狼なんていないよ」って言ってしまうのは簡単だけど、それはこれまで学術的に確かめられたことがないだけで、どういう理由かで存在しているかもしれないじゃないか。存在そのものはこれだけ有名なんだから、何らかの形で実際に目にした人間がいたってことは十分に考えられる。ましてや俺は、目の当たりにしたからね』

『普通の人間は、人狼だなどといえば、気でも触れてるんじゃないかという顔を見せますよ』

理解は期待していないのか、ユリアンは不思議そうに呟く。

『だって俺、学者の端くれだし…。学者なんて、もっともっと根拠も突拍子もない話を、真顔でするような人間がいくらでもいるよ？』

それをどこまで信じたのかはわからないが、ユリアンは腕組みしたまま、乾いた表情で頷いた。

腕組みは他人に対する心理的距離感の表れ…、たまに聞く話がふと頭をよぎる。

藤森はやむを得ず、そのままになっていたフルーツティーをユリアンに断って、カップに注いだ。

紅茶の香りに入り混じって、ふんわりと甘いようなフルーツの香りが立ち上がる。

『ユリアン、他に何か隠してることとかある？』

『…他に？』

『いや、ユリアンはあまり自分のこと話したがらなかったから、無理に聞くのも悪いかなと思って聞かなかったけど…、他に何か秘密とかある？　あるなら、今のうちに全部話しておいて欲しいかな』

『秘密というのか…』

「あ、やっぱりまだ何かあるんだ」

思わず日本語で呟き、藤森はユリアンを指差してしまう。

それがそのままわかったわけではないだろうが、ユリアンはひどくバツの悪そうな顔を見せた。

『あえて言うまでもないと思ったのですが…』

『一応、聞かせてくれる？』

童話の中の青髯《あおひげ》っぽいような話だとちょっと怖いな、という思いが胸をよぎる。

自分が新妻のように殺されるかもしれないというわけではないが、どこかにサディスティックな傾向や猟奇趣味でもあるというなら、それはやはり今のうちにご辞退申し上げたい。

けれどもそれは、ユリアンが人狼であるとか、ないとか以前に、つきあう相手が誰であろうと勘弁してほしいという問題だ。

それを受け入れるぐらいなら、まだこの世に人狼が存在すると本気で信じる方がよっぽどいい。

もっとも、そう考えながらも藤森は、これまでのユリアンが自分に向けてきた下にも置かぬ態度を考えると、手のひらを返したように急変して自分を切り刻むようにも思えなかった。

『本を書いています』

『…本？　えーと、俺みたいな研究者とかいうんじゃなくて、作家とか詩人とか？　絵本…とか？』

研究者肌だとは思うが、ユリアンが学者とは違うことは雰囲気的にわかる。同業者に対する、勘のようなものだ。

どちらかというと、まだ作家だとか、詩人なんだと言われた方がしっくりくる。おそらく、普段からユリアンは芸術家肌であるとも感じているせいだろう。

『………ファンタジーです』

ユリアンは目を伏せ、まさに蚊《か》の鳴くような声で答えた。

『ファンタジー…、へぇ、すごいな』

逆に藤森は身を乗り出す。

さっきまではピンとこなかったが、そう言われると確かにこれまでのユリアンのナイーブさや人嫌いな一面、自然の中にいて本当に楽しそうにしている様子、芸術を愛しているらしき気風など、まさにしっくり当てはまる。

部屋の中に籠もっていたことも、自然に対する観察眼が鋭かったあたりも、まさにパズルのピースがすべてハマるようにあってゆく。

『俺にも読める？』

目を輝かせた藤森に、ユリアンは半ばは驚き、半ばはおどおどとした顔を向けた。

だが、怯《おび》えてはいるが、藤森の反応に少しほっとした様子も見える。

『ファンタジー小説に理解が？』

『そりゃ、完璧じゃないかもしれないけど、子供の頃は人並みに読んだよ。大人でも十分に読み応えのあるものもあるし、うちにあった「ゲド戦記《せんき》」…えーと、英語のタイトルが「アースシー」だっけ。あれと「指輪物語《ゆびわものがたり》」は、俺の母親が買ってた本だから』

『そんな人気のシリーズと同じに考えて頂けて、光栄です』

謙遜なのか、ユリアンはようやくここへきて笑顔らしきものを見せた。

だが、まだ自分からは進んで口を開かない。

『ねぇ、もしかして、日本でも発売されてる?』

『いえ、残念ながら…』

『そうか、日本語なら俺にとっては一番読みやすいと思っただけだから、気にしないで。じゃあ、ドイツ国内で?』

『ええ』

ユリアンは頷いた。

『それだけでも十分、すごいことだよ』

『ありがとう』

ユリアンは控えめな笑みを浮かべる。

『じゃあ、ドイツからなら取り寄せられるんだ?』

尋ねると、そうですね…、とユリアンは少し考える様子を見せる。

『あと、イギリスとオランダ、スイス、それとフランス、スペイン…、北欧も少し』

『…って、ほとんどヨーロッパ全部に近いけど。イギリスって、アメリカも?』

『アメリカは契約の関係で、まだ少し時間がかかりそうです』

ユリアンが静かに答えるので、これはあまり興味本位でつつき回してもいけないのだろうかと藤森は迷った。

それだけの国で翻訳されていれば、十分に人気作家なのでは…、と思うのは素人考えだろうか。

でも、それをユリアンに今尋ねたところで、明確な答えは得られないような気がした。

『ユリアンさえよければ、俺は読ませてもらいたいよ?』

『ありがとう』

ユリアンは目を伏せ、またそれだけを答える。

一度に色々突っ込んで尋ねるのは気が引け、藤森はしばらく待ってみようかと思った。

そうでなくとも、ユリアンは人狼であるという重大な秘密を打ち明けてくれたばかりだ。

それを信じるかどうかは、また別にして…。

『ねぇ、もしかしてさ、俺が前に見た狼みたいな生き物って、ユリアン?』

尋ねると、ユリアンは頷いた。

『ええ、まさかあなたに見られているとは思っていませんでしたが…』

『すごく綺麗だったよ?』

ほめる藤森をどう思ったのか、ユリアンはゆっくりと首を横に振る。

あの姿を見た時の、完全に目を奪われる感覚をどう伝えればいいのかと、藤森は何度も頭の後ろあたりをかき上げ、考える。

『…もう一度、あの姿に変わってもらっちゃ駄目かな?』

ユリアンは口をつぐみ、黙り込む。

興味本位だと思われたのかと、藤森が不安になるほど長い時間だった。確かに好奇心はあるが、でも、それ以上にこの目であの時の狼を見て確かめてみたかった。

それほど、藤森にとってはあの狼はインパクトのあるものだった。

だが、それを興味本位なのだと言われてしまえば、その通りなのかもしれないと藤森も少しいたたまれない気持ちになった頃、ユリアンは藤森を見ないままに立ち上がった。

一瞬、本気で怒らせたのかなと思った藤森に、ユリアンは低く告げた。

『十分後に私の寝室に来て下さい』

『わかった』

藤森の返事にも、ユリアンは頷くことなくテラスを後にした。


『ユリアン、いい?』

何ともいえない気持ちで十分ほどをテラスで過ごしたあと、藤森はユリアンの寝室をノックした。

しばらく待つと、返事の代わりに何か低く唸りに近い声が聞こえた。

唸り声に聞こえたが、うまく聞き取れなかっただけで、もしかしてユリアンの返事だったのかもしれない。

『入るよ』

藤森はさらに声をかけ、部屋の扉を開いた。

窓からの逆光を背負うような形で、そこには大きな獣がいた。

姿形は、まさしく狼というべきものだろう。両前脚をきっちりと揃え、こちらに向き合う形で座っている。ただし、その座った姿勢でも、藤森よりもはるかに大きいことがわかる。

目のまわりから長く突き出た鼻の下、口から喉許にかけては白、その他は金茶に黒や茶色の入り混じった複雑な毛色で、それが明るい光を受けてうっすら光るようにも見えた。

藤森を見据える瞳は、今は明るいグレーに見える。

そばに行けば、また銀色に見えることもあるのだろうかと、藤森は思わず前へと踏み出した。

「ユリアン?」

呼びかけると、その大きな獣は怖《お》じたようにわずかに後ろへと下がり、また座り直した。長い尻尾が後ろ脚を抱き込むように巻いてしまっている。

ユリアンのいつもの姿とは、とても繋がらない。

だが、同時にやはりどこかで、この雰囲気は絶対にユリアンそのものだと思う。

『…そばへ行っても?』

話しかけると、こちらに向かって立った両の耳がぴくんと跳ねるように動く。

申し訳ないような気もしたが、ふいと目を逸らされたのを承諾なのだと強引に解釈して、藤森は獣のすぐそばまで行った。

『…誰も』

獣は唸った。

本当に低く濁った獣声《けだもの》で、人語だと思っていなければ到底聞き取れないような声だった。もしかして、普段からユリアンの声を聞き取りにくいように思うのは、人狼であることも関係しているのかもしれない。この姿が、人語の発声に向いているようには思えない。

藤森はそれを何とか聞き取ろうと、身をかがめて大きな口許へと耳を寄せる。

『こんな私を…、愛してはくれないのです』

獣は唸ると、首をうなだれる。

藤森は単純にユリアンがモデル並みに美しいと浮かれていた、この間までの自分の軽薄さを恥じた。

『…父も、…母も…』

自分が原因で両親が別れることとなったというだけに、その声には深い苦汁が滲《にじ》む。

藤森は手を伸ばすと、そっとその両方の耳の下あたりに触れてみた。

ふかふかと柔らかな毛に覆われた耳は、肉厚だがやわらかい。

獣は目を伏せがちに、ただじっとしている。

藤森はそのまま腕を伸ばし、がっしりとしたその首を抱いた。

生き物特有の温かな匂いに、あの独特の甘い香りがうっすらと入り混じった匂いがする。

それで絶対にこれがユリアンなのだと、確信した。

『ユリアンだ…』

呟くと、獣は低く唸った。

はい、とでも言ったのか。

『大丈夫だよ』

これまでの好きという気持ちとは異なる、どうしようもない愛おしさが胸の奥から溢れてくる。

『すごく綺麗で、格好いいよ』

獣はさらに低く喉奥で唸ったが、これは否定なのか、肯定なのかはわからなかった。

でもかまわず、藤森は豊かな毛並みで覆われた首まわりを抱く腕に力を込める。

肩まわりは厚く、毛並みに覆われた背中にはうねるような固い筋肉が感じられる。

『俺はその長くてふさふさした尻尾も、固くて大きな肉球も好きだよ』

獣は抱かれた首をわずかにかしげるようにした。

藤森は腕を伸ばし、太い前脚を貸してくれと要求する。

藤森の手よりもさらに大きな脚は、ベッドの中でこちらに向けられていた、あの脚だった。わずかに弾力はあるものの、硬化した頑丈な肉球の間に短い毛がみっしりと生えている。

黒く鋭い爪は尖っているが、藤森の手を少しでも傷つけないようにと、今も気遣われていることがわかるので、まったく怖くはない。

『肉球の間の短い毛も、やわらかくて可愛い』

肉厚の耳がわずかに弾み、藤森の頬に当たる。

藤森はその耳をうっとりと何度も撫でた。

『耳も俺のじいさんが飼ってた秋田犬の耳みたいで、肉厚ですごく気持ちよくて好きだ。やわらかいし…』

獣は傾けていた首を藤森の方へ向け、長く大きな鼻先を藤森の頬や鼻先にいくらかすり寄せてくる。

『あと、銀色の目も、すごく好きだ…。知ってた…?』

ユリアンは小さくひとつ、泣くような細い鼻声を立てた。

そして、大きな首を藤森の肩に甘えるように預けてきた。

Ⅲ

『ねぇ、ユリアン、今日、書斎を見せてもらってもいい?』

翌日の朝食後、藤森はユリアンに声をかけてみた。

『ええ、もちろん』

昨日の晩も、事前に断っておいたせいだろう。ユリアンはおだやかに頷く。

昨日よりは少し気分も持ち直したようだ。

『よければ、今日のレッスンは書斎でする?』

『いいの?』

『ケンジさえよければ』

食堂のドアを開いてくれながら、ユリアンは微笑んだ。

今朝はきれいに髭を剃っている。

不思議だな…、とその横顔を眺めながら藤森は思った。

昨日の晩も、ユリアンをそっと抱きしめるように眠った。

長い腕に抱きつかれるようにしながらも、同じようにその頭を抱いて寝た。

後付けで人狼の話を聞かされたせいか、何も危害を加えられていないせいか、ユリアン自身を怖いとは思えない。それどころか、今もやはりよく整った顔立ちだなと思っている。

狼に変わった姿を見ても、肉厚の耳が可愛いとか、若干ごわつきのある毛並みが気持ちいいとか、怖ろしいという思いとはほど遠い感情しか湧かなかった。

むろん、それを自分の子供として胎内《たいない》から産み落としたユリアンの母親や、その母親との確執のあった父親などの苦労は想像もつかないので、恐れや嫌悪感がないのかもしれないが…。

とにかく今日は二人共、もう表面上はこれまでのように振る舞っている。

藤森は一応、いつもの授業の教材の他に、屋敷を調査してまわる時に持ち歩いているカメラやノート、メジャーなど、調査道具一式の入った鞄を提げてゆく。

根が楽観的にできているせいか、ユリアンの、そして長編小説を書く作家の書斎を見せてもらえるのだと思うと、もとの部屋の調査に加えてわくわくとした気分が盛り上がってくる。

失礼しますと声をかけ、藤森がドアをノックすると、ユリアンが中から扉を開いてくれた。

『どうぞ』

『じゃあ、お言葉に甘えて』

藤森は小さく会釈し、部屋の中を覗き込む。

明るい午前の光の中で見ると、蔵書量の多い、落ち着いたトーンの部屋だった。

書斎に使われるだけあって、壁には海外の蔵書室のように凝《こ》った細工を施した、半ば壁に埋め込むような形の造りつけの書架がある。半分はもとあった蜂ヶ谷家の蔵書、あとの半分はユリアンの持ち込んだものらしい。

ユリアンの所有している本にも、見るからにずいぶん価値のありそうな革表紙の古い本がいくつもあるが、蜂ヶ谷家の蔵書も相当に歴史のありそうなものだった。

『もともとここに置かれていた本の半分ほどは、ヘル・タンバに頼んで別室に保管してもらってるんだ。興味があるなら、そっちを見てみて』

まずはじめに書棚の前で足を止めた藤森に、自分には価値のほどはわからないから…、とユリアンは説明してくれる。

断って書架や窓、扉などの写真を撮らせてもらう藤森は、机の上に斜めに立てかけられた絵を見つけた。

あのユリアンが藤森を描いてくれたもので、すでに金の額に収められている。

『あ、これ…』

藤森は写真を撮る手を止め、絵の前に行く。

額のせいだろう、絵はこの間よりもなおのこと雰囲気よく見えた。

ユリアンが彫っていた森をモチーフにした額縁は、金色の彩色が施されている。ただ、ぎらつきのない渋い金色で、ところどころその彩りが剝げたアンティークな加工が施されている。淡い色彩のタッチもあって、一瞬、本当に自分の絵なのかなと疑うほどだった。

全体がこの古い屋敷のトーンに合っていて、以前からあった絵のように見える。

『すごいな…』

呟く藤森に、ユリアンは額を手にとって渡してくる。

『昨日仕上げたので…、どうぞ』

もう塗料も乾いたからとユリアンは言った。

『ありがとう、大事にする』

絵を胸に抱き、藤森は薄く頬が上気するのを意識しながら礼を言った。そして、かなり照れたが、背伸びしてユリアンの頬に口づける。

外国人のように臆面もなく礼と共にキスをする様子など人にはとても見せられないが、ここなら二人きりなので、まぁ、いいだろう。

キスのあとにまた少し照れた藤森は、それまで絵が立てかけられていたものに目を留め、思わず声を上げた。

『タイプライター!?』

卓上にあるのは、かなりレトロなデザインのタイプライターだった。六十年ぐらい前の型だろうか…、と藤森は海外でいくつか見かけたタイプライターの形式から推測する。

OLYMPIA《オリンピア》というのは、西ドイツのメーカーだったか。色はオリーブでアンティークというほどに古くはなく、デザインはシンプルで装飾も少なめだが、重量感と安定感のある形状だった。

『動くの？』

『ええ、現役です。頑強ですし、持ち歩いても壊れません』

パソコンなどの電子機器は使わないとは思っていたが、今では使う人間も少なくなったタイプライター派だったのかと、藤森は苦笑した。

『これで本を？』

『ええ、ノートに下書きしたものをこれで形にしてゆきます』

そう言った後に、ユリアンはつけ足した。

『祖父の形見です。私が六歳の時に亡くなりましたが、これで手紙や書類を作るのをよく横で見ていました』

祖父の形見として使っているというのなら、六歳というまだかなり幼い頃に亡くなったとはいえ、子供時代は完全に孤独ではなかったのだろうかと思う。

『お祖父さん？』

『ええ、両親が家にいないので不憫《ふびん》だったのでしょう。厳しかったですが、色々なことも教えてもらいました』

ユリアンを人狼だとわかって、ちゃんと養育してくれた相手がいたことに少しほっとする。

『ユリアンらしいね』

頑固《がんこ》にアナログ派なのもそれはそれで似合うような気がすると頷きかけた藤森は、大判の本の陰に隠れかけていた電話に目を止める。

『こっちは黒電話だ！』

藤森は笑ってしまう。

机の上に置かれた電話は、三号電話機と呼ばれる、国産黒電話の中でもかなりクラシックな形の電話だった。

以前に借りた居間の象牙色の電話は、ダイヤル式でもそこまで古くない形だったから、ダイヤル式で珍しいなと思った程度だった。ここまでアンティークな印象はなかった。

もっとも、黒電話は今の電話と違ってシンプルな構造ゆえに致命的な故障はほとんどないので、FAX《ファックス》も利用する機会の少ないお年寄りの家には意外に現役で残っていたりする。

蜂ヶ谷家の跡取りが亡くなってから、この屋敷は長く使われていなかったというし、今の家電に替えられることなく置かれているのもわかる気がする。

しばらく授業などとは無関係のお部屋拝見で話を弾ませていると、ふいにユリアンの机の上のアンティークな黒電話のベルが鳴った。

惚れ惚れするような、懐かしい響きのベルだ。

『どうぞ、取って』

もしかして仕事の電話なのだろうかと、藤森はユリアンを促す。

それでも少しためらうような様子を見せる男に、自分は外に出ているからと藤森はゼスチャーで示し、ドアに向かった。

『Ｈａｌｌｏ《ハロー》』

英語のＨｅｌｌｏに相当する言葉で、ユリアンが受話器を取る。

──あー、もしもし？

扉のノブに手をかけた藤森の耳に、受話器の向こうから覚えのある声が聞こえる。

──もしもし、ルーデンドルフさんですか？　Ｔｈｉｓ《ディス》　ｉｓ《イズ》　Ｆｕｓｈｉｍｉ《フシミ》．

日本語が通じようが、通じまいがお構いなしの、この押しの強い話し方は教授の伏見だと、藤森はユリアンを振り返る。

「ちょっと、待って」

同じように藤森を振り返ったユリアンは、なおも言葉を続ける伏見を片言の日本語で遮った。

『プロフェッソア・ドクトア・フシミだよ』

「あー…、はい」

前は伏見と連絡が取れず、勝手にヨーロッパに行かれてしまったと悪態をついていたほどだったのに…、と藤森は冴《さ》えない声を出す。

まるで心地よい夢から急に冷めてゆくように、自分がただの居候のオーバードクターに過ぎない身なのだと認識させられる。

ユリアンもどこか物思わしげな顔で、伏見に受話器を差し出した。


——藤森君ねー、君、予定よりも長く滞在するなら、ちゃんと連絡くれないと困るでしょう?

そんな勝手な言い分で始まった伏見の電話は、とりあえず東京に戻れというものだった。

どうやら東京からではなく、まだヨーロッパからの電話らしい。

今日、ヨーロッパから帰国するはずだったが、搭乗機の故障で出立地のイギリスに再度戻されたのだと伏見はこぼす。

時期的に予約が一杯ですぐには飛行機の再手配ができず、日本への到着は明後日早朝になるという。

明日の昼過ぎ、アメリカから著名な建築家のT・ディビッド氏が来日する。ディビッド氏をホテルまで案内して観光につきあう約束をしていたが、それが守れない。だから、君が代わりに空港まで出迎えに行きたまえというものだった。

アメリカのT・ディビッドといえば、今や建築界では知らぬ者もいないという一流の建築家だ。最近では珍しく荘厳《そうごん》さのある流れるような建築空間は、世界的にファンも多い。

最近、新しく懐古主義を唱え、これまでの自分の作風に温かみのある古典的な要素を折り込みはじめたというので、さらに注目度が高まってきている。

何人かの学生に連絡をしてみたが、バイトや就職の面接などで予定が空いている者がほとんどなく、また、そういった細やかな案内を完全に任せられるのは藤森だけだという。

最初は藤森も断ろうと思ったが、伏見のひと言で思いとどまる。

――でも君、いつまでもルーデンドルフさんのお宅に居座ってても、迷惑でしょ？　僕はもう、てっきり君は東京に戻ってるのかと思ってたよ。最初の予定より、ずいぶん長くいるんじゃないの？あんまり、そちらさんのご厚意に甘えるのもどうかなぁ。いい加減、きりのいいところで引き上げなさいよ。

確かにこの浮き世離れした場所の居心地がよくてあまり考えたくはなかったが、予定の倍近くも滞在していることを指摘され、少し現実に目も向いてくる。いつもは藤森をいいようにこき使う伏見だが、その言葉はもっともなものだった。

教授の命令ばかりでなく、郵便やメールのチェックもしなければならないし、塾に来月のシフトの調整に出向いたりと、やらなければならない雑用も山ほどある。

両親ともずっと連絡を取っておらず、圏外のために友人らとも音沙汰なしだ。

誰かにうっかり捜索願《ねがい》など出されていなければいいが…、と心配になる。

ああだこうだと、客の出迎えだけにとどまらない教授の勝手な指示をいくつも書き留め、ようやく長い電話を切ると、部屋の隅に座ったユリアンが灰色の瞳をじっとこちらへ向けていた。

日本語でのやりとりをそう理解できたとも思えないが、何のために伏見から電話がかかってきたのか、すでに察しているような顔をしている。

『一度、東京に帰らないと…』

『もう少し、ここにいたら？』

長い脚の片方を椅子の上に折るようにして抱え、ユリアンは藤森の答えをすでに知っているような声で尋ねた。

『メールや手紙も全然チェックしてないし、バイト先の塾のシフトも入れてもらわないと来月の収入がなくなるよ。とにかく一度戻って、色々整理しないと』

ユリアンは拗《す》ねた子供のように、膝を抱えたままで目を逸らす。

『一日ですむ？』

『いや…、二日はかかると思う』

教授に頼まれた客の出迎えと、その翌日の教授への諸々《もろもろ》の報告と…、と藤森は指を折る。

『ここにまた、戻ってきてくれる？』

すぐに図々しく取って返すのもどうかと思って、とっさに藤森は曖昧な表情を浮かべた。

夏の休みもさほど残っていないのに、恋人面を下げて戻ってくるのもどうなのか。そっちにいつまでも居座っているという伏見の言い分ではないが、これではまるでユリアンの家に愛人面で転がり込み、働きもせずにゴロゴロしているヒモのようだ。

反射的にそんな自分の立場に嫌悪感を覚えたのもある。割り切り方なのかもしれないが、藤森はそのあたりはいたってまともな労働観念を持っている。

ユリアンとこれから先もつきあっていきたいとは思っているが、用事を終えたからといって、すぐにまた臆面もなく戻ってくるのもどうかと思った。

互いにいい歳の社会人同士なのだから、少し日を置いて会ってもいいのではないか…、そんな思いがあってすぐには返事ができなかった。

ここと東京とは確かに離れてはいるが、遠距離というほどの距離でもない。

今後、ユリアンがドイツに戻るというのなら、また話は別だが…。

そこまで考えて、藤森は思いついて顔を上げた。

『ねぇ、ユリアンも来る？』

『…トウキョウに？』

ユリアンは不思議そうに呟く。

『俺の部屋は狭いけど、教授の用が終わればそれなりにあちこち案内もできるよ。東京にも、色んな寺院もあるし、面白い建物もある』

ユリアンはしばらく黙り込んだあと、いや…、と口を開いた。

『やめておくよ。この時期は暑いんだろう?』

そう尋ねられたが、ユリアンの本音はそれではないのだろうなとわかる。

『うん、多分…。最近、天気予報も見てないから、向こうの天気はわからないけど。普通なら、この時期は俺達でも嫌になるぐらい暑いよ。熱帯夜続きじゃないかな』

ユリアンは微笑んだまま、幾度か首を横に振った。

形だけ笑ってはいるが、本心からの笑いではないように見えた。

『いつ、発つの?』

『とりあえず、今日の夕方には出ないと、教授に出迎えを頼まれた建築家が成田《なりた》に着くから…』

ユリアンは窓の外に視線をちらりと向ける。

『…ヘル・タンバに君を駅まで送るように言うよ』

今日も朝からやってきて、庭の木々を見てまわっている丹波に頼んでくれようというのだろう。

ここに来て藤森は、ユリアンは自分が二度と戻ってこないと怯えているのではないかと思った。

『また、用が終わったらこっちに戻ってくるよ。そのあとは俺も仕事があるし、大学もあるから、すぐに東京に戻らなきゃならないけど…』

藤森はユリアンに近づくとその手を取った。

『次に戻ってきた時にはそう長くはいられないけど、代わりにもう少し涼しくなったら、ユリアンも俺の部屋に一度来てみてよ』

ユリアンは切れ長の目をしばらく黙って藤森にあてる。

『まだ、日本にいるんだよね？　それとも、近くドイツに帰る予定でもあるのかな』

『いや…』

ユリアンは目を伏せる。

『私の仕事はどこでもできるので。ここは静かで緑も多いし』

『じゃあ、待ってて。ちゃんと二日後に戻ってくるから』

藤森はユリアンの大きな手を取り、その指をすくった。

大きな手の上に自分の手を重ね、小指同士を絡めるようにする。

『約束。指切りげんまん…、ね？』

促すと、ユリアンも小さく口許で笑う。

「ヤクソクね」

「うん、約束ね。だから、待ってて」

大柄な男の首を抱え、肩口あたりにその頭を抱えるようにして藤森はなおも指を揺らした。

『大丈夫、帰ってくるよ』

励ますように背中を叩くと、男はかろうじて頷いた。

『早いうちにヘル・タンバに頼もう。電車の時間も調べてもらわないと』

『ああ、じゃあ、俺が直接言ってくるよ』

ドイツ語どころか、英語もほとんど話せない丹波とほんの片言程度の日本語しか使えないユリアンの間でそれだけのやりとりをするよりは、自分が行って頼んだ方がいいと藤森は絡めていた指を離す。

そして、ふと思いついて書斎の入り口で振り返った。

『ねぇ、ユリアンの本、読ませてもらっていい？』

ユリアンは机のかたわらにある書棚の前にまで行くと、一冊の本を取った。

ハードカバーのドイツ語版の原書だ。タイトルは『金映《きんば》えの森』となっている。

マットなブラウンの表装はかなりシンプルで、森の遠景を描いたイラストが金の枠に囲われている。

作者名がルートヴィヒ・ヴォルフェンデンとなっているのは、ユリアンのミドルネームと狼に関連する名前なのだろうか。ドイツには狼を意味するヴォルフとつく姓が比較的多く、実際、ヴォルフェンデンという姓もある。ただ、狼が終わりを意味するｅｎｄｅｎ《エンデン》にかかっているのは少し気になった。

『きれいなタイトルだね』

『ありがとう』

ユリアンは短く礼を言うと、机の上のペンを取って中表紙にケンジへと書き込んでくれた。

『くれるの？』

『うん、君に』

似た表装のものが数冊、ユリアンが手渡してくれた本の隣にも並んでいる。

『あれは続巻?』

『そう、あれも?』

ユリアンが手を伸ばしかけるのを藤森は止めた。ドイツ語の原書ともなると、藤森も読み込むのにそれなりに時間がかかる。必要なことしか書いていないニュースや論文などと違って、細やかな描写のある文学作品だとなおのことだ。

『それは俺が戻ってきた時に、また読ませてくれる? それまでに、少しでもこれを読んでおくから』

藤森の言葉にユリアンは頷くと、さっきの指切りを確認するかのように藤森の手を取り、指先をぎゅっと握った。


夕刻、藤森はユリアンに見送られて丹波の軽トラックに乗せてもらった。

五時少し前なのに、最近には珍しく早いうちから天気が崩れだし、全体的に薄曇り《うすぐも》となった。

『気をつけて』

軽トラックの荷台に藤森のトランクを載せてくれると、ユリアンはそれだけ言って手を上げた。

『うん、また戻る時に連絡するから』

頷くユリアンの表情は、どこか晴れないように見えた。

『だから、待ってて』

助手席に乗り込んだ藤森が開けた窓から手を伸ばすと、ユリアンは頷き、その手を握ってくる。

「じゃあ、駅まで送っていきますんで」

丹波が藤森の肩越しにユリアンに声をかけ、頭を下げた。

軽トラが走り出すのを、ユリアンは車寄せに立ったまま見送っている。

どことなく寂しそうな様子の男に、藤森は身を乗り出し、手を振った。

やがてそれも見えなくなる。

藤森はかすかな溜息と共に、手回し式のウィンドウを上げる。そして、なんとなく浮かぬ思いのまま、車に揺られてゆく。

しばらく門に向かって走ってゆくと、今日は珍しく開かれていた。

門が開いたままになっているところを見るのは、ここに来て初めてだ。丹波が入ってきた時に、帰りまでのつもりで開けておいたものか。

トラックを降りて門を閉める丹波を手伝い、来た時のように錆の浮いた鎖を巻きつけて大きな南京錠をはめる。

「開いてるの、珍しいですね」

「ここ最近は、わしがここに来る時はしばらく開けるようにしてる。前は開け放っておくと、ろくでもない連中が入ってきて、焚き火をしたり、窓を割って屋敷の中を荒らしたこともあったが…」

それ故のこの厳重な鎖なのかと、藤森は納得する。

門自体は男性なら越えられないこともないが、鎖のかけられた門を乗り越えて入ってくるような人間なら不法侵入で通報されても文句は言えないだろう。

「荒らされたことがあるんですか？」

「誰もいない廃屋だと思ったから、なんてつまらん言い訳をしとったが…」

丹波は小さく舌打ちする。

「やっぱり人が住むようになると、家は生き生きしてくる。たまに風を通していたが、実際に人が暮らすと全然違う。家が生きてくる。ここの屋敷は取り壊して売るだの、ホテルにするだのという話もあったが、ルーデンドルフさんに来てもらえてよかった」

丹波は丹波なりに、ユリアンに感謝しているようだった。

門を出てしばらく私道を走ってゆく中、藤森が夢のようだった屋敷での暮らしにぼんやりと思いを馳せていると、遠く響く声のようなものが聞こえた。

その長く尾を引くような物悲しい声に、藤森は顔を上げる。

「窓、開けていいですか？」

「別にかまわんがな」

丹波は、何なのだ、いきなり…、といわんばかりの顔を見せる。

「何か音が…」

ハンドルをまわしてウィンドウを下げる藤森の耳に、今度はさっきよりもはっきりと長く響く独特の悲しげな声が聞こえた。

遠吠《とおぼ》え…、そう思った瞬間、藤森は窓から身を乗り出す。

「何だ、遠吠えか？」

やはり同じように遠吠えだと思ったらしく、丹波が隣で呟く。

ユリアン？…、藤森は窓の外に流れる鬱蒼とした森の木々を眺めながら思った。

犬の遠吠えと狼の遠吠えの明確な聞き分けができるわけではないが、ひどく寂しげなこの声は、藤森が屋敷を出てゆくことを嘆くユリアンの声のようにも聞こえる。

後ろの屋敷の方から聞こえるのは、やはりユリアンなのだろうか。

まさか車の後を追っているわけではないだろうが、それでもずっと呼ばれているようだ。

藤森は窓から身を乗り出すようにして、まだ続く物悲しい遠吠えを聞いた。

聞いているこちらまで胸が痛くなるような鳴き声が、ずっと響いてくる。

まるで、藤森がここを去ることを嘆くような…。

「珍しいな、こんな山の中で…」

これまで聞いたことがない…、と丹波は言った。

この広い私有地内には民家がないため、飼い犬の遠吠えなどといったものもないらしい。

「野犬…ですかね」

まさか狼ではないかというわけにもいかず、藤森は曖昧にぼかす。

「一匹の野犬が、こんなにいつまでも追ってくるように鳴くもんかね…」

丹波は渋い表情ながらも、首をかしげる。

「あんたじゃないが、まるで狼が鳴いてでもいるようだな」

やはり丹波の耳にも、普通の犬の遠吠えとは違うように思えるらしく、初老の男はハンドルを切りながらボソッと呟いた。

Ⅳ

「本当にこういうのって、困るんですよね。期日を過ぎてこんなに長く連絡が取れないようなら、非常勤講師枠から外したらどうだっていう話もありまして…」

社会人としてちょっと非常識じゃないですか、などと四十手前ぐらいの教務課の女性が権高に嚙みついてくるのに、菓子折を下げていった藤森は平謝りだった。

帰宅してみると、案の定、留守番電話には何件も連絡が入っていた。家の固定電話だけでなく、携帯の方にも多数の録音メモが残っている。チェックして返事をしなければならないメールの数も、大量にあった。

両親、友人、バイト先の塾、家庭教師先、非常勤枠で務めている大学の教務課など、とりあえず折り返し連絡を寄越すようにという連絡ばかりだ。

心配してくれているものから、この教務課女性のように、連絡が取れないことにかなり憤《いきどお》っているところもあり、帰宅した晩と教授に言いつかった建築家を成田に迎えに行くまでの午前中は、ひたすら電話とメールの返信に追われた。

その翌日は教授に呼び出され、大至急ということで論文の翻訳を命じられた。

他にイギリスへの礼状書き、レポートのチェックなど、やらなければならないことは途方もなくあって、それらすべての処理に二、三日を要する。

一部は藤森がユリアンの屋敷に滞在中に教授からメールで指示をすでに受けていたもので、それはメールすらチェックしていない藤森が悪いのではないかと、伏見教授はずいぶん機嫌が悪い。

今日び、ファーストフード店や漫画喫茶などでもメールのチェックは可能なのだから、確認ぐらいはするのが当たり前だと言う。

一理はあるが、あの屋敷の周囲や駅前にすら、そんな都会的なものは見当たらなかったような気がする。

もっとも、藤森も一度ぐらいは東京に帰っておくべきだったので、すべて他人が悪いとも言えない。

今日も朝から、塾や大学教務課を走りまわり、頭を下げてまわった。

その合間に何度かユリアンの屋敷に電話をかけたが、誰も出ないことが気にかかっていた。

確かにユリアンは電話嫌いで、あまり電話にも出ない変人だと代理人に聞いたことはあったが、それでもフラウ・ゲスナーぐらいは出てよさそうなものだ。

それとも、日本でかかってくる電話はユリアンが取るとでも決まっているのか。

「更新確認の書類はすでに受付が終わってますので、こちらにあらためて理由申請書を書いていただいて、教授会の方にはご自分で連絡を取ってもらって…」

キャンキャンと噛みつくような相手の言葉に頷きながら、藤森はまだ翻訳を終えてない論文の訳がどうすれば今晩中に終わるだろうかと、頭の中で算段していた。


結局、ユリアンに約束した日よりも二日ほど遅れた日の早朝、藤森は電車に飛び乗った。

普通なら、予定が少し遅れるという連絡ですみそうなものだが、いまだに連絡のつかないことに妙な焦燥を覚える。古典的な手法だが、せめて電報でも打てばよかったのかもしれないと、今頃になって思いついて悔やむ。

ユリアン自身が、藤森が東京に戻ること自体をずいぶん渋っていたこともあり、最後にあの物悲しげな遠吠えを聞いたせいもあって、ようやく開けたユリアンの本も少しも頭に入ってこない。

とにかくじりじりするような思いで、電車が駅に到着するのを待った。

駅で飛び乗ったタクシー運転手は、奇しくも最初にユリアンの屋敷に行った時の運転手だった。

あいもかわらずの話し好きだったが、昨日、駅前で客待ちをしていると、丹波がひとりの外国人と荷物とを駅まで乗せてきたという。

よもやユリアンなのかと詳しく聞き込んでみると、そこそこ年配のガッチリとした固太りの体格のいい男だったという。身長はそこまで高いわけではなく、歳は五十前後に見えたというので、ユリアンではなく、料理人のフォルストだろうと思えた。提げていたのは料理の食材や機材などではなく、大型トランクだったらしい。

ただ、なぜ、このタイミングでフォルストがそんなトランクを持って、駅から電車に乗るのだろうという疑念がわく。

単なる日本の観光程度ならいいが、屋敷の料理いっさいを任されているフォルストが厨房を空けるのなら、その間の料理は誰が用意するのか。

フラウ・ゲスナーが代わるというのだろうか…、どうしても気分が沈みがちになる藤森は、前回ほどは運転手とも話は弾まなかった。

丹波とも連絡をつけていないので、屋敷の門はガッチリとした鎖で閉ざされたままだった。

門の前でタクシーを降りた藤森は、やむを得ず鞄を門の内側に先に放り入れ、門を無理に乗り越えた。

あいかわらず門の前は荒れた印象で、この奥の屋敷に人がいるともいないとも判断できない様子だ。ひとりにされると、まるで狐に化かされたような、ちょっと心細いような思いも湧いてくる。

藤森は投げ入れた鞄を拾うと、奥の屋敷に向かって長い道を歩き始めた。

歩く途中で、もしかしてタクシー運転手に頼んで、最初に丹波の家に連れていってもらえばよかったのだろうかともちらりと考えた。

ただ、丹波が家にいるかどうかはわからないし、それも筋違いな話だと思い直して、ただひたすらに足を速めた。

歩き始めて二十分ほどで、ようやく屋敷の屋根が見えてくる。

藤森はそこからはほとんど小走りで玄関まで行った。

しかし、クラシックなベルを鳴らしてみても、誰も出てくる様子がない。

数日空けただけで、ずいぶん屋敷も荒れたような気配になっている。何度かベルを押し、藤森はじりじりと待った。

「フラウ・ゲスナー！」

藤森は夫人の名前を呼びながら、扉をノックする。

「ユリアン。ユリアン！」

続いてユリアンを呼び、ノックした扉のノブに手を掛けると、重い扉はギッ…、と軋む音を立てて開いた。

「…えっと、失礼します。フラウ・ゲスナー」

さすがに許可なく他人の屋敷に入り込むのは気が引け、玄関先で声をかけて中を覗き込んだ藤森は、驚きに目を見開いた。

中のガラスの内扉の奥、大きなアーチを持つ飴色《あめいろ》の柱に鋭くえぐったような跡がある。

他にも壁や扉など、あちらこちらが鋭い四本の爪痕で掻き破られて傷んでいる。

何という真似を…、と藤森はとっさに唇を噛む。

「…ユリアン？」

広い屋敷の中には人の気配はなく、がらんとしていた。

風が時折抜けるのは、どこかの窓か扉が開け放されているせいだろう。キィキィ…と、蝶番《ちょうつがい》が軋む音が聞こえる。

まるで何年も空き家であったような、荒れて傷んだ屋敷の様子に眉を寄せながら、藤森はなおも男の名前を呼んだ。

「ユリアン？」

最初に通された一階の書斎を覗き込んでみたが、やはり姿はない。

部屋の荒れ方は酷く、藤森が座ったチェスターフィールドのソファが横倒しとなり、紙や本が散乱していた。

ユリアンの使っていたゴツくてアナログなドイツ製タイプライターも、がっしりとした机の端に今にも落ちそうな角度で追いやられていた。

けっこうな重量のあるそのタイプライターを持ち上げ、藤森はもとのように机の真ん中へと戻す。

これはいわば、ユリアンの夢の世界を紡《つむ》いで何千、何万という人間を不思議な世界へ連れだし、感動させることのできる大事な道具だ。

アナログで今はパソコンに追いやられて消えかけの道具とはいえ、どことなくユリアンの存在に通じるような感傷を覚えて、藤森はＯＬＹＭＰＩＡと刻まれたその機械をそっと撫でた。

「…ユリアン？」

ユリアンの寝室も似たような状態で、部屋中に羽が飛び散り、夏掛けの羽毛布団は見るも無惨な姿になっていた。

自分が戻ってこないことでユリアンが荒れたのだろうかと、藤森は自分が使っていた部屋を覗く。もしかして、そこにユリアンがいるかもと期待したが、やはりこの部屋も散々に荒らされていただけで、中は無人だった。

溜息をつきかけた藤森は、ふと壁際に落ちているものに気づいた。

マントルピースの上に置いてあった、ユリアンが描いてくれた藤森の絵だ。

二日後には戻るのだからと、身のまわりのものだけをまとめてここに置いて帰ったが、拾い上げるまでもなく、その額ごとズタズタにされていることはわかった。

この屋敷を傷つけているのは、ユリアンの悲哀なのか、憎悪なのか…、藤森は飛び散った木片の中から額を拾う。

もちろん切り刻まれているだろう自分の絵へと目を向けた藤森は、しばらく無言でその絵に目を落とす。

額の縁に沿ったところは当然鋭く切り裂かれているが、肝心の藤森の顔自体には傷はつけられていなかった。

その分、金色に塗られてアンティークな加工の施されていた額は、金がほとんど削れて木の地色が出てしまうほどぼろぼろにされている。

憤って、嘆いて、恨んで、捨てられたと苦しんで…、もがき苦しんだ男の想いが見えるようで、藤森は自分の絵を抱いたまま、しばらくその場に立ちつくす。

ならば、ユリアンはどこに行ってしまったのか…。

フォルストはもしかしてここを出ていったのかもしれないが、ユリアンは…、と振り返った藤森を、開いた扉から灰色猫のワガハイがじっと座って見ていた。

もともと藤森に慣れた猫ではなかったが、ずいぶん嫌な目つきをこちらへと向けてくる。

まるでこうなった原因は、藤森であることを知っているかのように…。

「…ワガハイ?」

藤森は声をかけてみた。

「ユリアンを知らないか?」

返事もなく、またそこを動くでもなく、ただじっとこちらへと青い目を向けてくる牡猫の方へと一歩近づくと、ワガハイはぶわりと毛を逆立てた。

その逆立った毛がゾワゾワッと伸び、輪郭が揺らぐ。

「…え?」

何事かと目を見開く藤森の前で、輪郭が揺らいだワガハイが立ち上がるような格好を見せ、大きく大きく上へと伸び上がる。

目の前で起こっているこの形状の変化は、何とも説明しがたいものだった。ワガハイだけでなく、ワガハイを取り巻く周囲の空間ごと溶け込み、形が大きく歪みながら伸びて変わってゆく。

伸びたワガハイの姿がぐにゃりと歪み、溶けたかと思うと、やがてあの猫背で吊り目のアッシュブロンドの男の姿となった。

ただ、顔つきはまだかなり猫寄りだ。

「…ぇ、…パウル？」

あのクラシックな形の服を身につけ、まだ髪を逆立てたままの男は、呆然と呟いた藤森になんとも意地の悪い顔を見せた。

『猫が人になったら、悪いか？』

悪いと言うよりは、非常識…、藤森はとっさに胸の内に浮かんだ言葉を呑みこむ。

だが、ユリアンが人狼だという以上、こいつが猫又《ねこまた》もどきであっても不思議じゃないのかもしれないと、藤森は無理に自分を納得させる。

ユリアンが人狼であることよりも、パウルが猫又だということの方が不可解で信じにくいのは、もともと相手に対して持ち合わせた好意の差ゆえなのか。

『お前、どの面下げて、戻ってきた？』

『約束を守れなかったのは悪かったけど…』

『約束を破ったっていう、自覚はあるんだな』

それだけ言うと、パウルはさっと身を翻《ひるがえ》してしまう。

その見かけによらぬ俊敏さに驚いた藤森が廊下に出た時には、すでにその姿は無かった。

猫の姿に戻って、立ち去ってしまったらしい。パウルが藤森の目の前で姿形の変化を見せたのは、どういった心境なのか。

今見たものがまだ半分は信じられずに、自分自身が古く荒れた無人の屋敷で何か煙《けむ》に巻かれている、あるいは白昼夢でも見ているのではないかと軽く混乱しながらも、藤森はユリアンにはそれなりに懐いていたワガハイの姿を思う。

藤森を好いてはいなかったようだが、よくユリアンの足許には擦り寄って甘えていた。藤森に何かひと言言いたくて、人間の姿になったのだろうか。

約束…、確かにその約束の日に戻れていれば、この惨状にはなっていないのだろうが…。

やむをえず藤森は部屋を出て、広い屋敷の中をユリアンの姿を求めて歩き始めた。

広い家の中全体が閑散としているというのか、荒涼としているというのか…、この間までは古くても手入れの行き届いた居心地のいい屋敷のように思っていたが、これではずっと長い間空き家だったかのようだ。

所々に置かれた日用品も、埃を被っているわけでもないのに、ずっとここに捨て置かれたような印象を受けるのは、藤森がユリアンに対して感じている後ろめたさによるものだろうか。

電話が通じないですませてしまった自分は、ユリアンとの約束をどこかで軽く見ていたのかもしれない。

ユリアンの抱えている孤独は、藤森が考えているよりももっともっと深くて、諦念《ていねん》に近いものだったのだろうか…。

広い屋敷は使っていなかった部屋も多く、傷が多いのはもっぱら藤森が出入りしていた部屋が中心だった。それゆえに、見捨てられたと思ったユリアンの痛哭《つうこく》や悲哀を感じる。

そして、タクシー運転手の言っていたとおり、料理人のフォルストの姿も屋敷の中にはなかった。

ここを出て、ユリアンもドイツに戻ったのかと思いかけ、それは違うなと思い直す。

ワガハイは、まだこの屋敷に残っていた。

それもあってか、言葉にもできない漠然とした感覚だが、まだユリアンはこの地にいるという気がする。その根拠はワガハイ以外には何なのだと尋ねられれば、自分でもうまく説明できない曖昧な根拠に過ぎないが…。

自分に遠吠えでもできれば、今、ここにいると伝えられるんだがな…、と藤森は厨房を出て溜息をついた。

いくつもの空の部屋を覗いてまわり、この母屋ではないのかと思った時、ふと藤森はかすかな気配を感じて振り返った。

少し歳を取った黒っぽい猫が、扉の影からじっとこちらを覗いている。

手脚の先が白く、瞳はヘイゼルブラウンのこの猫は、あの遠くから一度しか見かけたことのない、ヒルデだろう。

だが、今は何となく気配でわかる。

「…フラウ・ゲスナー?」

尋ねると、ヒルデは独特の目つきでじっと藤森を見上げ、ゆっくりと尻尾を揺らした。

「ユリアンがどこにいるか知ってる?」

尋ねると、ヒルデは意味がわからないとでも言うかのように、かすかに首をかしげる。

『ユリアンは今、どこにいるか知ってる?』

ドイツ語で尋ね直すと、ヒルデはしばらく藤森を見たあと、独特のリズムで歩き始めた。

胸を張って頭を上げて歩くフラウ・ゲスナーの足取りを思わせるその歩き方をぼんやり見ていると、ヒルデはわずかに振り返る。

まるでついてこいとでも言うような素振りに、藤森は慌ててそのあとを追った。

ヒルデは時々振り返り、藤森がついてくるのを確かめながら、開いたままになっていた勝手口から屋敷の外へと出た。

ヒルデについて、これまでほとんど通ることのなかった小径を通ってゆくと、やがてユリアンと星を見たあの裏山に上がる道へと通じた。

あそこかと思ったが、テーブルセットの置かれた場所にはユリアンの姿はなく、ヒルデも足を止めない。

ヒルデはそのままどんどんと細い道を行き、やがては道もないような森の斜面を下りはじめた。

本当にこんなところを行くのかというような道なき森の中を、藤森はヒルデの後をなんとか追ってゆく。

手の入れられていない小枝や雑木に袖や腕、デニムの端を引っかけ、藪《やぶ》の棘《とげ》で指や手の甲が傷だらけになった。

身を翻して藪を抜け、狭い木の下をくぐる猫のようにはとても進めず、思わずヒルデに待ってくれと声をかけそうになる。

しかし、音を上げた瞬間、ヒルデにまで見放されそうで、藤森はひっかき傷だらけになりながらも、なんとか森に紛れそうになる黒猫の姿を追っていった。

斜面を下り、また上がって、どこをどう歩いているのかさっぱりわからなくなった頃、蔓草《つるくさ》をまとった木の向こうに、大きな木が倒れているのが視界に入った。

ヒルデは最後に藤森を振り返ると、そのままさっと身を翻す。

「あ…っ」

何事かと短く声を上げる藤森のかたわらを抜け、ヒルデはもと来た方向へと姿を消してしまった。

こんなところで放り出されても…、と唖然《あぜん》とする藤森は、倒木の陰にまた別の気配を感じて振り向く。

「…ユリアン？」

うまく表現できないが、何か独特の息遣いは、以前、ユリアンが姿を転じたあの夜に聞いたものと同じ気がして、藤森は木陰を覗き込んだ。

案の定、そこには身を丸くしてうずくまる大きな大きなあの金茶色の狼がいた。

「ユリアン…」

よく見ると、身体中のあちらこちらに傷がある。

足先も血に濡れ、長い口吻《こうふん》も赤く裂けている。

どうしたのかと声をかけるより先に、獣は鼻の上に皺《しわ》を寄せ、唸り声と共に猛々《たけだけ》しい顔に転じて牙を剝いた。

鋭い目を吊り上げ、ぞっとするほど大きな牙、歯肉まで露《あら》わにしたその顔に、藤森もさすがに本能的な怖じ気を感じる。

その凄まじい気迫に押されて半歩ほど下がった藤森は、何とか自分を叱咤して踏みとどまった。

「ユリアン」

獣は威圧するように低い頭《こうべ》をさらに低く下げ、今にも飛びかからんばかりの体勢となった。

唸り声はさらに低く、鼻の上の皺はさらに深く、剣呑《けんのん》なものとなる。

「ごめんね、ユリアン。約束の日に戻れなくて…」

髪が恐怖にぞわりと逆立つ中、藤森は低く詫《わ》びた。

どうしても本能的な恐怖が先立つが、地面に貼りついたような足を何とか前へと進める。

枯れ葉を踏むと、さらに唸りは低まり、獣は首をわずかにひねって鋭い牙を備えた口吻をこちらにまともに向けてくる。

『嘘をついたら、針千本飲むって言ったね？』

藤森はその場に膝をつく。

『俺を噛んでもいいよ』

歯肉をさらに大きくまくり上げ、獣は全身の毛を逆立てる。そうすると、ただでさえ大きな身体がさらに大きく、迫力あるものに見えた。

ここで殺《や》られるのかな…、諦念にも近い静かな思いが胸をよぎる。

だが、それはそれで仕方がないのかもしれないという思いが、同時にあった。

ただの約束とはわけが違うのだと、肝《きも》に銘《めい》じておくべきだった。

ユリアンが何を求めているのかをわかっていながらも、自分はそれをずいぶん軽く考えていたのだろう。

伏見の言い分など、いつもの自分勝手なものなのだし、藤森がやらなければ結局は誰かが代わってやれるものでもある。

もっと真剣に断っていれば、あるいは一度ユリアンのもとへと戻り、またちゃんとここに戻ってくると誓えば、違う結果になっていたのではないか。

結局は伏見に押しきられるままに、唯々諾々《いいだくだく》と従ってしまった自分の意志の弱さも、ユリアンを傷つけたのではないだろうか。

この人狼との契約にどこまで重きを置くかは、人それぞれなのだろうが…。

『…ごめんね』

その場に腰を落とした藤森に、獣は毛を逆立てたまま、まださらに低く唸る。

飛びかかられるのを待つ藤森は、唸る獣が少し後じさるのに気づいた。

「ユリアン？」

凄まじかった唸り声も、やがて徐々に低まる。

「…ユリアン？」

藤森がその場に片手をつき、身を乗り出そうとすると、獣はふいとそっぽを向いた。

『ごめんね、戻って来れなくて…』

獣は唸るのをやめ、下げていた頭を藤森とは逆の方向に逸らしたまま姿勢を変えた。

今にも飛びかからんばかりだった姿勢を解き、またもとのように身体を丸めて完全に反対側を向いてしまう。

『ユリアン、怪我してるよ』

藤森の言葉にかすかに両の耳先が動いたが、依然、こちらを向く気はないらしい。

傷だらけの足や裂けた口吻は、屋敷で暴れた時に怪我したものなのか、それとも、森の中をやみくもに走るうちに引っかけたものなのか。

『ユリアン、ごめんね』

藤森はゆっくりと手をつき、そのまま枯れ葉を踏んで身体を丸める獣のかたわらへと進む。

さっきまでの恐怖にか、膝がまだ笑っていた。

『ユリアン…』

返事はない。

藤森は腕を伸ばし、以前、そうしたようにゆっくりとその首を抱いた。

『…ごめんね』

獣の匂いに入り混じって、あの甘い独特の香りがする。

じっと身を固くして動かない獣の首を背後から寄り添うように抱き、藤森はその大きな背をそうっと撫でた。

みっしりとした筋肉が乗った背は、毛皮の下にも強靫《きょうじん》さが秘められている。

このかすかなごわつきのある金茶色の毛と、その下の引きしまった大きな身体が今は愛おしい。

『ごめんね』

藤森は丸めた背や肩、全身を撫で、ふっさりとした毛並みに覆われた頭に口づける。

抱いた頭がかすかな鼻声を洩らす。

やがて、ゆっくりと獣の身体が弛緩し、輪郭を少しずつ変えはじめた。

獣の形が徐々に人間の形となり、全身を覆っていた毛が目に見えて短くなり、減ってゆく。

藤森は依然、その首を抱くような姿勢を取っていたが、最初の瞬間こそ驚いたものの、あとはユリアンが人間の形へと戻ってゆくのを黙って見守っていた。

ユリアンが以前に醜いと言ったように、獣から人へと形状が変わってゆく様は、筋肉が一部よじれ、盛り上がり、人の肌がみっしりと毛で覆われているように見えて、確かに見た目にはそう美しいとは言いがたい瞬間もあった。

ただ、醜悪でグロテスクな姿だとは一瞬も思わなかった。

普段、目にすることがない形態なだけに見慣れない瞬間を怖れる気持ちはわからないこともないが、でも、中身はユリアンだ。

そう思っていれば、怖くはない。

むしろ、すべての仕種や表情の何もかもが美しい人間など、皆無だろう。藤森だってそうだ。寝こけている顔、あるいは目を剝いた顔など、自分のすべてが人に見せられるようなものばかりだとは思えない。

それなりの時間をかけ、やがてうずくまるような形となって、ユリアンはもとの姿へと戻った。

ただ、狼の姿から戻ったために、生まれたままの姿だ。

「あ…」

藤森は着ていたサマーシャツを脱ぐと、大柄なユリアンの腰のあたりを覆う。

『ケンジ…』

呟くユリアンの高い鼻先にはさっきと同じ場所に裂いたような傷がある。指も爪の間から血が出ていて、見た目に痛々しい。

藤森は顔をしかめながら、その手を取った。

『痛くない？』

ユリアンは泣き笑いのような、歪んだ表情を見せる。

『鼻も…』

鼻先の裂傷に眉を寄せ、藤森はそっと高い鼻梁に指を這わせる。

『ケンジもあちこち、傷が…』

ユリアンは目を伏せがちに低くささやく。

『ひっかけただけだから、どうってことないよ』

それよりも鼻の傷が痛々しいと、藤森は男の鼻先にそっと唇を寄せた。

『もう帰ってこないのかと…』

『ごめん、教授につかまって色々頼まれて…、あと、非常勤の講師先も…』

藤森は男の肩にそっと頭を凭《もた》せかけながら、違うな…と首を横に振った。

『断っちまえばよかった。ごめん、遅れるって何度か電話はしたんだけどさ』

『…帰らないという電話かと』

ユリアンはぼそりと呟く。

『父はいつも、そう言って私との約束を反故《ほご》にしたので』

馬鹿だなぁという思いと同時に、たまらない庇護《ひご》欲がそそられる。長年ユリアンが胸に抱えてきた孤独を思うと、自分まで胸が痛くなる。

藤森は腕を伸ばし、力一杯ごつい男を抱きしめる。

『フシミ教授に頼まれれば、断れない君の立場も考えるべきだった』

ユリアンは藤森の頬にはじめて唇を寄せ、押しあてる。

『君の大事な屋敷に傷をつけてしまった…』

申し訳ない…、と詫びられ、藤森は男を抱いたまま、何度も頭《かぶり》を振った。

日だまり
と
金の獣

屋敷の補修工事の中間確認の立ち会いを終えた藤森賢士《ふじもりけんじ》が、玄関脇で工務店の数名の担当者を見送っていると、料理人のフォルストを乗せた丹波《たんば》が軽トラで戻ってきた。

『お帰りなさい』

藤森はフォルストと丹波の両方に声をかける。

『休暇はいかがでした？』

『悪くなかったよ』

明るく尋ねた藤森に、フォルストは意外に機嫌よく答えた。

藤森が東京から戻ってくる前日、タクシー運転手が見かけたフォルストは休暇《ウアラウブ》でドイツに戻るところだったらしい。ヨーロッパではスタンダードな、一ヶ月の夏期長期休暇だった。

『足りなかった調味料も揃えてきた。今日から、期待しておいてくれ』

軽トラの荷台から荷物を降ろすのを手伝っていると、固太りの男はウィンクをひとつくれる。休暇を満喫したから機嫌がいいんだろうかと藤森は首をひねる。

『これまでも十分美味しかったですけどね』

『俺の料理は、まだまだあんなものじゃないよ』

フォルストは軽口を叩き、トラックに乗り込もうとする丹波を呼び止めた。

藤森が下ろしたキャリーカートつきの重い段ボールの箱を開け、中から酒瓶を取り出す。

『こいつは、ヘル・タンバに』

お土産《みやげ》だと、フォルストは剝き身の酒瓶をひょいと手渡してしまう。

「酒か？」

丹波は瓶をためつすがめつして、フォルストを見た。その口許がゆるく笑っている。この土産は気に入ったらしい。

『ウィスキーだって言ってやってくれ。ドイツウィスキーはあまりメジャーじゃないが、クオリティは高いんだ』

フォルストの言い分をそのまま訳して伝えると、丹波はまたニヤリと笑って運転席に乗り込んだ。

「今晩飲む」

運転席の窓からフォルストに向かってウィスキーの瓶を軽く掲げ、丹波は軽トラを発進させる。

丹波の笑うところは初めて見るなと思いつつ、フォルストを振り返ると、フォルストも腕組みをしたままニヤリと笑っていた。

言葉が通じたわけでもなさそうなのに、不思議だなと藤森は丹波の軽トラが出てゆくのを見守る。年齢的には十歳ぐらいは差があるように思えるが、職人肌同士でそれなりに通じるものもあるのだろうか。

フォルストを手伝い、酒瓶の入ったカートを押して厨房側の裏口へとまわった。

ユリアンが落ち着いて以降、フォルストのいない間は二駅向こうのレストランから食事をケータリングしていたが、やはり量も少なめだし、パンの仕上がりも違う。毎日続くと辛いとユリアンがこぼしていた。

厨房から廊下へと出てゆくと、どうやら藤森の姿を探していたらしきユリアンと顔を合わせる。

『立ち会いは終わった?』

ユリアンが穏やかな表情で尋ねてくる。

ユリアンが人狼《じんろう》の姿で暴れていた時を知らないせいか、人狼だろうが何だろうが、あいかわらず雰囲気は繊細で人見知り気味だと思ってしまう。

とりあえず最初に屋敷の所有者として挨拶《あいさつ》に出てきはしたが、自分がつけた傷を逐一チェックされる決まりの悪さもあって、工務店の担当者とはあまり長く顔を合わせていたくないらしい。

そういうところも可愛いんだけどなぁと、藤森は背の高い男の肩の辺りを下からぽんぽんと叩いた。

本当はこの複雑な色合いの入り混じった金色の髪を撫でたいが、腕を伸ばして伸び上がらなければならないので、やむをえず肩だ。

『ちゃんと直る?』

ユリアンは案じ顔だ。

『信頼出来る業者さんだから大丈夫だよ。このあたりは腕のいい工房も多いらしくて、玄関のあの飾り彫りもわからないように修復出来るって』

さすがにユリアンが暴れたとは言いづらく、屋敷の中が不審者によって荒らされてしまったらしいと伝えると、伏見《ふしみ》は飛び上がらんばかりに驚いた。

そして、古い建築物の修繕などを専門的に手がける工務店を紹介したいと言い出した。こういう時には、建築学の権威はありがたい。伏見の名前もあって、工務店の方も非常に丁寧に仕事を進めてくれている。

幸い、藤森が屋敷の写真を多数撮っていたため、完全に近い形で修復もできるという。一部は古さから傷みの出ていた箇所などもあって、それも合わせて直してもらえるとの話だった。

伏見の正式な調査は、修復後にあらためて行われる。

『ごめんね』

自分の屋敷であるにもかかわらず、ユリアンはしょんぼりと肩を落とす。藤森が気に入っていた屋敷に傷をつけたと、ずいぶん気落ちしている。

『家は直らないわけじゃないからね』

時代物の手の込んだステンドグラスが割られていなくてよかったと思いながら、藤森は答えた。

ユリアンは困ったように笑うと、身をかがめ、藤森の頬にキスを落とす。

ちょうど洗い上がったばかりのシーツを抱えたパウルが通りかかったが、淡いブルーの瞳を片方眇《すが》めただけで、そのまま階段を上がっていってしまう。

最近になって聞いたが、パウルはフラウ・ゲスナーの息子――つまり、ワガハイはヒルデの息子なのだという。

ユリアンはワガハイもヒルデも子供の頃から知っていると言っていたが、どうやら実のところはユリアンよりもずっと長生きしているようだ。

ユリアンの祖父がヒルデを膝の上に乗せながら、昔、自分が子供の頃にこれとよく似た猫がいたと話していたらしい。

猫又《ねこまた》や化け猫といった存在はあまり海外では伝わっていないが、ユリアンの家に居ついた猫又系なのか、それともルーデンドルフ家に時折出るという人狼に関係して出てくるものなのかはよくわからない。

でも、子供の頃のユリアンが寂しさに泣いていると、よくヒルデやワガハイが人の姿を取って一緒に遊んだり、あやしたりしてくれたのだという。

フラウ・ゲスナーはとにかく、パウルは昔は私と同じ年頃の子供の姿だったけどね…、などとユリアンは言っていた。ならば、幼馴染《おさなな　じ》みという線はあながち外れてもいない。

その話を聞いた時、藤森は話の真偽よりも、フラウ・ゲスナーが子供をあやすこともあるのかという方が気にかかった。だが、藤森をユリアンのところに案内してくれたあたり、見た目の印象よりもはるかにやさしいところがあるのかもしれない。

祖父が亡くなって以降、すでに母親は家を出ており、父親も仕事でほとんど戻ってこずで、ユリアンはひとりで屋敷にいたようだ。そのため、パウルやフラウ・ゲスナーのような存在がそばにいても、あまり訝《いぶか》る者もいなかったのだろう。

根が楽観的なのかもしれないが、藤森自身はユリアンが人狼であることも、フラウ・ゲスナーやパウルの正体が猫であることも、どのみちあまり気にかからない。

ユリアンは不思議そうだったが、藤森自身は自分が泥団子を食わされて、肥《こえ》だめの風呂に入れられるようなことがなければ平気だと言っておいた。

平気というよりも、パウルが姿を変えたのを見たのはあれ一度きり、ユリアンも相当深く眠ったり、命の危機を感じた時でなければ獣の姿にはならないようなので、普段はほとんど意識することがないといった方が正しい。

『コーヒーでも飲まない?』

ユリアンに書斎に誘われ、藤森は頷く。

一度、猫の姿で案内してくれたことなどまるでなかったかのように、背筋をピンと伸ばしたフラウ・ゲスナーはいつものようにワゴンを押してやってくる。

『今日のお菓子は何ですか?』

藤森は皿の上のタルトを切り分けるフラウ・ゲスナーに尋ねる。

『ラム・レーズンを折り込んだリンゴのタルトです』

『へぇ、美味《うま》そうですね』

藤森の言葉に、フラウ・ゲスナーはまんざらでもなさそうな顔を見せ、とりわけ大きなひと切れを皿の上に載せてくれた。

ユリアンではないが、やはり見た目よりもはるかにやさしい気質なのかもしれない。

いつものように香り高いコーヒーをカップに注ぐと、夫人はゆうゆうと部屋を出てゆく。

『ラム・レーズンにリンゴのタルトって、そろそろ秋メニューなのかな』

この書斎の定位置であるチェスターフィールドの椅子に腰かけながら皿を手に取った藤森は、書斎の窓へと視線を巡らせる。

季節は九月に入り、藤森は週末ごとにこっちに足を運ぶようになった。

まだ残暑の厳しい東京よりも、ここはひとあし早く秋の気配が感じられる。

先週末には、藤森が困らないようにとユリアンはネット用の回線を引いてくれた。もちろん、ブロードバンドではないが、メールチェックができれば十分な藤森にとっては問題ない。

携帯はあいかわらず圏外だが、最近、この屋敷に来ている時には、急ぎの用事がある際は屋敷の電話にかけるよう伝言してある。実際にかかってきたこともないので、そう至急の用件などないのだろう。

フラウ・ゲスナーの焼いたパイは甘さ控えめで、リンゴの酸味とラム・レーズンの芳醇《ほうじゅん》な風味が巧みに混じり合い、案の定、絶品だった。

『すごい！　美味《おい》しいな』

もしかして、お菓子作りは趣味なのかと藤森が笑うと、ユリアンも頷く。

『昔はもっと、ドーナッツとか、型抜きのクッキーだったけどね。年々、凝ったものが出てくるようになった』

どうやら子供の頃から、こうして甘いものを作ってあやしてもらっていたらしい。

『そういうのって、いいね』

愛されなかったと嘆《なげ》くユリアンの孤独を少しでも癒《いや》してくれていたらしき二匹の猫に敬意を払いながら、藤森はしみじみ呟く。

そして、コーヒーを口に運びながら尋ねる。

『ねぇ、額、できた?』

『まだ、途中だけど』

ユリアンは机の上を指差す。

執筆中の原稿が差し込まれたタイプライターのかたわらに、彫りかけの額が置かれている。

「だから、ヒミツね」

ユリアンは怪しい片言の日本語で言って微笑む。

しばらくは見せられない、程度の意味だろうか。

尋ねては見たものの、最近になってユリアンも仕事が捗《はかど》りはじめたというので、額の方は別に急《せ》かすつもりはない。

藤森は藤森で、ユリアンの本を自分の仕事の合間に少しずつ読んでいる。

とても厚みのある本なのでまだ途中だが、森とそこに住まう動物達を中心に描いた大人の読書にも十分耐えうる物語だ。ファンタジーとは聞いたが、自然と文明との共存を描く話に軽々しさはなく、明確な答えははっきりと提示されないままに色々と考えさせられる。

最初はユリアンの書いているものを読んでみたいという思いから読み始めたが、今は純粋に読書を楽しんでいる。もう少し早く読み進められないかと思う一方、この静かで奥行きのある世界観をゆっくりと楽しんでいたいとも思っている。

ヨーロッパの何カ国では翻訳されているとユリアンが言っていたが、調べてみると欧州圏ではこのユリアンの書いたシリーズはずいぶん人気のようだ。そして、続きが待たれると同時に、表にはまったく出てこない作者の謎めいた生活が取りざたされている。

まだアメリカで出版されていないために日本でこそ知られていないが、イギリスで翻訳本を読んだという何人かの日本人読者らの熱心なお勧め記事は読んだ。いずれ、このシリーズが日本でも翻訳されて、この深みのある物語を多くの人達に読んでほしいというのがほとんどの意見だった。

そんな評判が自分のことのように嬉しく感じられる。

『ねぇ、俺、考えたんだけど…』

藤森は口を開いた。

『あの絵、すごく気に入ってるんだけどさ…、俺の絵を俺の部屋に飾るのもどうかと思うから、俺の部屋にはユリアンを飾っちゃダメかな』

『私の？』

ユリアンは不思議そうに首をひねる。

『…ケンジが私の絵を描いて？』

「あー…」

藤森は口ごもる。

『描きたいのはやまやまだけど、俺が描くと人だか、なんだか…』

ユリアンは悪戯っぽい顔を見せ、楽しげに笑う。

『でも、写真なら撮れるよ』

単なるコンデジだけどさ…、と藤森が言うと、ユリアンは食べ終えた皿をかたわらのテーブルに置き、以前のように藤森の腰かける椅子の肘掛けにひょいと腰かける。

『きっと、すごくいい表情をいくつも撮れると思う』

ユリアンは頷くと、藤森の手から皿を取り上げ、身をかがめてキスをしてきた。

『ユリアンも知らないような魅力的な表情を、いっぱい撮れると思うよ』

藤森はユリアンの金髪に指を絡め、その頬を撫でる。

ユリアンは藤森の指に口づけると、さらに身をかがめて唇をあわせてくる。

キスの合間、藤森はそのがっしりした首や耳許を撫で、まっすぐな鼻梁をなぞった。

高い鼻についていた痛々しかった傷も消えた。表情も以前より落ち着いて、ゆったりした中にも藤森に甘えるような表情も増えてきたように思う。

ユリアンにスキンシップが多いのは、ドイツ人だからという理由ではなく、むしろ、狼《おおかみ》の特性によるものじゃないかと最近になって思うようになった。

人狼に完璧に狼の特性が当てはまるかどうかはわからないが、狼は夫婦仲がよく、終始よりそって一緒にいるという。人間のように浮気をすることもなく、互いにグルーミングなどをしながら子育ての時以外もずっと共に暮らすという話をネットで見かけて、自分を探してはそばにいようとするユリアンがちょうどこんな感じだなと思った。

『じゃあ、あのケンジの絵は私のこの部屋に飾ろうかな？　とても気に入ってるから…』

ユリアンは独り言のように呟き、書斎を見まわす。

ドイツの屋敷も狭いものではないようだが、もともとあまりいい思い出もないらしい。帰らないのかと聞くと、そのうちに…、とあまり気もなさそうに答える。

ビザの関係もあるので、そのうち一度は帰らなければならないのだろうが、冬は藤森の部屋にこたつに入りにいくのだなどと言っているところをみると、冬もこちらで過ごすつもりのようだ。

このあたりも冬は雪に閉ざされるし、それなりに厳しい暮らしだと思うよと言ってみたが、冬に関しては間違いなくドイツの方が厳しいと言う。

『じゃあ、あの額はもういいかな…』

言いかけるユリアンの鼻先に、藤森はキスをする。

『ううん、急がなくてもいいから、出来上がったら俺にくれない？』

できあがってほとんど飾る間もなく、ユリアンの手によってズタズタにされたあの金縁の額を思い、藤森はねだった。

とても素敵な額だった。そして、心のこもったプレゼントだった。

自分の絵が入っているから、あえて持ち歩かなくてもいいかという照れくささもあったが、あの時、持って帰っていれば、今も手許にあったのかなと悔やまれる。

『撮ったユリアンの写真を入れて飾りたいよ』

『私の？』

ユリアンは不思議そうな顔を見せる。

『うん、俺の中のユリアンのイメージも、「森」だから』

ユリアンはそれを聞くと、なんとも気恥ずかしげな顔で笑ってみせる。

顔はもちろん、半端なく綺麗なのだが、最近はこのキャラクターがつくづく好きだなぁ…、と藤森はユリアンのゆるくくせのある金髪に指を絡めた。

人狼でも何でもいい、本当に可愛くて繊細な寂しがりだと知っているから…。

その頭を抱くと、あのうっとりするような湿った甘い香りがする。

これ、やっぱり何かフェロモンなのかなぁ…、と藤森はユリアンの髪から首筋、襟許《えりもと》に指を這わせながら、互いに食《は》むようなキスを繰り返す。

そんな藤森の意図がわかったかのように、ユリアンは近い位置であの銀色に濡れ光る瞳を合わせ、藤森の身体を抱き起こした。

姿勢を入れ替え、椅子に座るユリアンの膝の上に、藤森が跨《また》がるような形を取らされる。

「真っ昼間だよ」

俺、何をとち狂ってるんだろうなぁ…、と日本語で呟く藤森の言葉がわかったかのように、ユリアンはまだ明るい窓の外へとちらりと視線を向けた。

そんな男のシャツのボタンを外し、忍び入れた指をたくましく盛り上がった胸筋にゆっくりと這わせる。

『ケンジ…』

甘さのあるかすれ声が藤森の名を呼んだ。

腰のあたりに男の腕が巻き付いてくるのに任せ、藤森は再び深く唇をあわせた。

大きな口蓋《こうがい》が、貪るように唇を覆ってくる。

甘い香りが濃厚さを増す中、藤森は自分もはだけられた肌をユリアンを煽るようにぴったりと合わせながら、指先を丹田《たんでん》、そしてその下へとすべらせた。

POSTSCRIPT

YUMIKO KAWAI

こんにちは、SHYさんでは初めてお仕事させていただいたかわいです。ここから先は大いにネタバレですので、こちらから先に目を通していらっしゃる方は本編の後にお願いします。

さて、今回は寓話、お伽噺といった可愛いお話をイメージして書いてみました。

イラストが周防佑未先生と決まった時に、周防先生の絵だと裾の長いちょっと中世ゴシック風の衣装が映えるんじゃないかなぁと思いました。そんな服の似合う設定っていうと、美女と野獣とか青髯？…と思ったために、今回のお話となっております。

人狼にこだわったのは、単に私が沖浦啓之監督のアニメ『人狼 JIN-ROU』の無骨で孤独な主役、伏一貴が好きだからなんですが…、ごめん、担当さんに「ケモミミですね！」って言われるまでケモミミだと気づきませんでした…。猫二匹もこんな設定は許してもらえ

URL http://www.eonet.ne.jp/~blueblue-heaven/
Blue on the Heaven：かわい有美子公式サイト

るのかなとプロットを出したものの、「猫又ですね！」って言われるまで、猫又だとわかってなかったアホゥですみません。

　現代物なので流れ上、物語中にゴシック風の洋服を出せなかったのは残念無念なのですが、ユリアンのキャララフはゴシック風の衣装で描いていただいて、すごく嬉しかった！　今回、贅沢なことに裏表紙までの一枚絵で描いていただいてるのですが、そこにもクラシックな衣装をまとったユリアンが！　ビバ贅沢！　周防先生、本当にありがとうございました。

　ユリアンは狼男じゃなくて人狼だと思っていただけると、その一点にこだわったワタクシとしては本望でございます。いまだかつてないほどのヘタレオオカミとなってしまったのは、かなりの計算外でしたが…。

　でも、世の中、熱烈な狼ファンって多いんですね。そんなファンの方々の撮影された国内動物園の何枚もの狼の写真を見ているうち、それなりに顔の見分けがつくようになりました。北海道の円山動物園の狼のリーダー、ジェイはとてもリーダーらしくて端整な顔を持つ男前な狼なのですが、どこかイーサン・ホークっぽい…と思うのは私だけかな。関西には狼のいる動物園が少ないので、今切実に北海道に行きたいです。

今回、仕事が遅れて周防先生にも担当さんにも関係の方々にも、ずいぶんご迷惑をおかけしました。本当に申し訳ありませんでした。

そして、この本を手にとって下さった方に、心よりお礼申し上げます。どうもありがとうございます。ケモミミねっ、と手にとっていただいた方にも、そうでない方にもちゃんと楽しんでいただけてるといいなぁと願っております。

かわい有美子拝

SHY NOVELS

ルーデンドルフ公と森の獣

SHY NOVELS314

かわいい有美子 著

YUMIKO KAWAI

ファンレターの宛先
〒101-0065 東京都千代田区西神田3-3-9 大洋ビル3F
(株) 大洋図書SHY NOVELS 編集部
「かわい有美子先生」「周防佑未先生」係
皆様のお便りをお待ちしております。

初版第一刷2013年12月31日

発行者　山田章博
発行所　株式会社大洋図書
〒101-0065　東京都千代田区西神田3-3-9 大洋ビル
電話 03-3263-2424（代表）
〒101-0065　東京都千代田区西神田3-3-9 大洋ビル3 F
電話 03-3556-1352（編集）
イラスト　周防佑未
デザイン　Plumage Design Office
カラー印刷　大日本印刷株式会社
本文印刷　株式会社暁印刷
製本　株式会社暁印刷

ISBN978-4-8130-1282-5